新历史主义批评:《外婆的日用家当》研究

李荣庆　著

ZHEJIANG UNIVERSITY PRESS
浙江大学出版社

图书在版编目(CIP)数据

新历史主义批评:《外婆的日用家当》研究/ 李荣
庆著. —杭州：浙江大学出版社，2011.1
ISBN 978-7-308-08299-0

I. ①新… II. ①李… III. ①沃克，A—小说—文学
研究 IV. ①I712.074

中国版本图书馆 CIP 数据核字(2010)第 259030 号

新历史主义批评:《外婆的日用家当》研究
李荣庆 著

责任编辑	张　琛
封面设计	俞亚彤
出版发行	浙江大学出版社
	(杭州天目山路 148 号　邮政编码 310007)
	(网址：http://www.zjupress.com)
排　版	杭州中大图文设计有限公司
印　刷	德清县第二印刷厂
开　本	710mm×1000mm　1/16
印　张	10.25
字　数	205 千
版 印 次	2011 年 1 月第 1 版　2011 年 1 月第 1 次印刷
书　号	ISBN 978-7-308-08299-0
定　价	26.00 元

目　录

绪　言　文学批评与新历史主义

新历史主义的文学批评实践不论在西方还是在中国都只是最近一些年文学研究中出现的新情况。随着 20 世纪末以来新历史主义批评理论线索的不断清晰,将新历史主义的批评方法和理念运用于实际的文学批评当中去逐渐成为一种可能。这项研究的若干成果虽然不能被完全认为是采取了新历史主义方法的研究结果,但是不断跳出文学文本,探讨其语境,打通文学文本和它所依托的语境间的隔阂却是本作者进行研究和写作时采取的态度。换言之,这项《外婆的日用家当》(*Everyday Use for Your grandmamma*)①的研究很大程度上是一种新历史主义的文学批评实践。

20 世纪以来,西方文学批评领域先后有形式主义、结构主义、新批评等学术流派各领风骚。② 这些学术流派接受和传承了西方从柏拉图以来文艺批评思想,尤其是欧洲文艺复兴以来理性与现代性和科学思想的成果,使文学研究成为一门章法严密的学科。人们普遍认为,文学作品与现实世界之间存在着一种文本—语境的对应关系。这种对应关系可以用诸如反映、再现和表现来加以说明。为了更好地理解文学作品的内容和含义,很重要的方法之一就是探讨文学作品所产生的历史背景。这种探讨文学作品与历史背景关系的方法逐渐演变为文本—语境(历史)

---

① *Everyday Use for Your grandmamma* 这个小说名的翻译,过去曾出现过不同译法。比较多见的是《外婆的日用家当》,简称《日用家当》,本书采用这样的译法。其他译法有《日常家用》、《日常用品》、《家常用法》和《日常使用》等。

② [英]拉曼赛尔登:《文学批评理论——从柏拉图到现在》,刘象愚、陈用国等译,北京大学出版社 2005 年版,第 1-38 页。

二元对立旧历史主义的方法。[①] 在其中历史被视为文学文本的参照物。在几乎所有文学批评流派中,这个参照物并不十分重要,它仅仅起到了解释文本的作用,而重要的是文本本身,因为它包含着作者倾注的内容和含义。不过在对文学文本进行内部探讨时,一旦绕不过去,就需要利用历史背景对文本进行印证。旧历史主义对待历史背景这个语境自有一套认识。它声称文字历史是历史学家对过去的事件的准确记录。历史学家能够客观地记录下任何给定的历史时期的真实情况。通过各种历史分析手段,历史学家似乎可以发现任何人的思维倾向、世界观和信仰。[②]

    20 世纪末的最后几十年,西方文学批评理论见证了一场新历史主义批评异军突起的嬗变。它改变了以往人们对文学文本的阅读和诠释方式,改变了对文本—语境二元模式的看法,为探索文学作品的含义提供了新途径。新历史主义的出现源于 20 世纪末西方思想界的深刻革命,它与引领这场思想革命的核心人物米歇尔·福柯(Michel Foucault, 1926—1984)和雅克·德里达(Jacques Derrida, 1930—2004)等一些哲学家有着密切的学术渊源。首先,对现代社会历史概念提出质疑的是法国后现代主义哲学家米歇尔·福柯。其重要历史理论著作《语词与事物:人文科学的考古学》(*Les mots et les choses: Une archéologie des sciences humaines*, 1966)和《知识考古学》(*L'archéologie du savoir*, 1969)反复地对以时间为主要维度的线性历史观、历史目的论和历史的总体性叙事提出质疑。相应地,他提出历史存在不同的倾向、断裂和非连续性,以及空间的离散性。这些散乱在福柯各种著作中的历史观形成了福柯的整体权利话语的历史理论。其次,法国哲学家德里达以解构主义为核心对现代哲学进行了全面的颠覆,提出消解逻各斯中心主义(logocentrism)的主张,打破了诸种二元对立的西方基本哲学基础。在文本的本质上则认为文本是永远开放的,本文总是未完成的、不确定的。又自创"分延"或"延迟"(la différence)这一概念,揭示"能指"和"所指"的区分的任意性,动摇了结构主义理论的基础,从而暗示文本与语境之间的互文关系。福柯

[①] 王岳川:《后殖民主义与新历史主义文论》(山东教育出版社 1999 年版)和王一川:《批评理论与实践教程》(高等教育出版社 2005 年版)中关于旧历史主义的论述。

[②] Charles E. Bressler:《文学批评》(第三版),高等教育出版社 2004 年版,第 180 页。

和德里达以及与其同时代的其他理论巨擘虽然未能在新历史主义文学批评理论、思想、方法上取得一个完整而清晰的共识，但是他们开创的对西方传统哲学思想的挑战，为新历史主义的产生注入了无限的活力。

　　公认的新历史主义的主要创始人之一是美国加州大学斯蒂芬·葛林伯雷(Stephen Greenblatt)教授。[①] 在 1979—1980 年间，他和其他若干志同道合的学者如刘易斯·孟酬士(Louis Montrose)、乔纳森·多利莫尔(Jonathan Dollimore)发表了若干作品之后，新历史主义作为一种批评实践，开始受到学界的关注。1982 年，葛林伯雷在《文类》(Genre)杂志的文艺复兴论文专辑中第一次提出新历史主义这个概念，不过他相信文化诗学(cultural poetics)这个词能够比新历史主义更恰当地描述他们文本分析的方式。葛林伯雷认为从 17 世纪中期到 20 世纪那套旧历史主义文学分析方法是错误的。[②] 1984 年 9 月，葛林伯雷在一篇题为"通向一种文化诗学"的演讲中对新历史主义视野下的研究对象——文学文本作了一个解释。他说：

　　　　艺术作品本身是一系列人为操纵的产物，其中有一些是我们自己的操纵，许多则是原作形成过程中受到的操纵。这就是说，艺术作品是一番谈判以后的产物，谈判的一方是一个人或一个创作群，他们掌握了一套复杂的、人们所公认的创作成规；另一方则是社会机制和实践。为使谈判达成协议，艺术家需要创造出一种有意义的、在互利的交易中得到承认的通货。[③]

　　这个定义可以反映出葛林伯雷的最基本的文本观，即文学文本是各种知识和权利交织的平衡结果，这个平衡就是大家都能接受和承认的硬通货。这种文本观是和福柯的社会话语理论相互吻合的。

　　然而把文学文本—语境以及文化诗学讲得明白晓畅的当为前美国加州大学圣克鲁兹分校的著名学者海登·怀特(Hayden White, 1928—)

---

① 张京媛：《新历史主义与文学批评》，北京大学出版社 1993 年版，第 1-9 页。
② Charles E. Bressler：《文学批评》(第三版)，高等教育出版社 2004 年版，第 181-184 页。
③ 张京媛：《新历史主义与文学批评》，北京大学出版社 1993 年版，第 1-16 页。

教授。怀特广泛吸取社会科学各种学科的研究成果，从语言学角度构建了一套比喻理论，用来分析文学文本—语境(历史)关系。他的分析解释了为什么严肃的历史文本其实是一种文化诗学，从而打通了文学文本和语境(历史)之间的隔阂，为新历史主义的文学批评肃清了理论上的障碍。怀特主导了 20 世纪 70 年代以后历史、哲学领域中的语言学转向，并将更清晰的新历史主义思想带入文学批评领域，成为跨学科研究的典范。

在"评新历史主义"一文中，怀特对新历史主义中的文学文本—语境关系有一种直截了当的说明。在怀特看来语境(历史)是一种"文化系统"，包括政治在内的社会制度和社会实践，都是这个系统的功能。由于在怀特的理解中语境也是一种文本，则传统意义上的文学文本—语境关系在本质上应被看成是一种"互文"(intertextuality)关系，或者说是两种"文本"之间的关系。"文学"文本是其中一个方面，而"文化"文本则是另外一个方面。①

怀特在文学文本—语境的关系研究中的重点是语境(历史)。在旧历史主义的视角中，文学和语境(历史)的区别在于，前者是一种作者的文学虚构，而后者则是历史学家对历史的客观记录。怀特研究的目的则是破除这种传统看法。他赞成已故历史学家 R. G. 柯林伍德(Collingwood, 1889—1943)的历史学观点，即一个历史学家首先是一个讲故事者。历史学家的敏感性在于从一连串的"事实"中制造出一个可信的故事的能力，这些"事实"在处于未经筛选的形式中毫无意义。历史学家在努力使支离破碎和不完整历史材料产生意义时，必须借用柯林伍德所说的"构建的想象力"(construction imagination)。②

怀特认为历史语言的虚构形式同文学上语言的虚构有许多相同的地方，他主张历史事件变成历史故事是人为选择的结果。通过压制和贬低事件中的一些因素，以及抬高和重视别的因素，通过使用小说或戏剧中的情节编织的技巧，事件才变成了故事。历史事件在价值判断中是中立的(value-neutral)，而历史故事究竟是悲剧、喜剧、传奇或讽喻则完

---

① 张京媛：《新历史主义与文学批评》，北京大学出版社 1993 年版，第 95-108 页。
② 同上，第 160-179 页。

全取决于历史学家把历史事件按照自己的意愿组合起来的做法。①

　　怀特曾用例子说明他的观点：米歇利特(Michelet)把法国大革命的历史描写成浪漫主义超验论的一个喜剧，而他的同时代人托奎维利(Tocqueville)却把法国大革命描写成一个令人啼笑皆非的悲剧。以此为例，怀特告诉我们，历史学家不是简单地记录客观历史，而是制造历史。文本的语境本身就是历史学家研究这些语境时所制造的虚构产品，而历史学家在对事件进行科学分析或施加情节之前必须使用语言来形容事件。按照怀特的说法：

　　　　坚持主张所有的历史叙事中都存有虚构成分的做法一定会使某些历史学家感到不安，他们相信自己的工作与小说家的工作有着本质上的不同，因为历史学家所处理的是"事实"，而小说家所对待的则是"想象"的事件。但是叙事模式和阐释力量不是从内容中衍生出来的。事实上，历史——随着时间而进展的真正的世界——是按照诗人或小说家所描写的那样使人理解的，历史把原来看起来似乎是成问题和神秘的东西变得可以理解和令人熟悉的模式。②

　　为了使数据(事件)产生意义、把陌生转化为熟悉、把神秘的过去变为易于让人理解的现在，怀特认为历史学家在叙事时使用的唯一语言工具就是比喻语言技巧。

　　在一篇题为"历史主义，历史与修辞想象"的文章中，怀特细致地分析了历史学家怎样使用修辞手段使一个事件成为包含了评论含义的历史话语的。对于怀特来说修辞因素在理解历史话语构成的内涵时比逻辑因素更为重要。这就是说，修辞手段达到的对历史的批评比直接的因果关系评论更能够影响读者。③　怀特的文化语境研究的语言转向曾受意大利早期哲学家吉姆巴蒂斯塔·维柯(Giambattista Vico, 1668—1744)的影响。就修辞而言，诗歌是各种文学作品类型中想象成分最多、修辞方法最为丰富的种类。维柯曾断言所有诗歌智能的逻辑在于语言本身所

---

① 张京媛：《新历史主义与文学批评》，北京大学出版社 1993 年版，第 160-179 页。
② 同上。
③ 同上，第 180-200 页。

提供的比喻表达法的四种主要模式：隐喻、转喻、提喻和反喻。怀特的历史观也受到罗曼·雅各布森(Roman Jakobson, 1896—1982)关于诗歌批评的启示。雅各布森区别了浪漫主义诗歌和 19 世纪现实主义散文的各种形式之间的差异，认为前者本质上是隐喻，而后者本质上是转喻。虽然怀特对这样的区别不太赞同，但是他特别赞赏雅各布森对诗歌、散文以及一般叙事(其中包括历史编纂学)的意义关系进行的比喻分类。[①]

最终怀特从两个方面令人信服地确定了历史学家的主体意识在历史书写时怎样混入了文本。在逻辑层面上，历史学家使用一系列技术手段将自己的意识融入文本。这些手段包括，"精简"手中材料，保留一些事件而排斥另一些事件；将一些事实"排挤"至边缘或背景的地位，同时将其余的移近中心位置；把一些事实看成是原因而其余的为结果；聚拢一些事实而拆散其余事实；建立另一个话语，即"第二手详述"，对读者直接讲述。而在语言修辞层面上，怀特则揭示了历史学家使用比喻语言的四种类型，即：隐喻、转喻、提喻和反讽，从而使历史文本成为与诗歌一样的文化诗学。[②] 这样，在历史学家的双重操纵下，语境和各种历史文本的真实性及客观性荡然无存。

怀特对历史的透析扯平了文本与语境的关系，使这种二元对立的文本与语境关系变成了一种文本与文本的互文关系。这种关系从一个角度与德里达消解逻各斯中心主义的主张有异曲同工之处。怀特的研究对新历史主义的确立作出了积极的贡献，也使新历史主义蒙上了一层浓郁的后现代主义的色彩。

新历史主义批评的形成是众多的学者共同努力的结果。相比过去，新历史主义批评有如下若干特色：首先，新历史主义使文学研究拓宽了领域，变成一种多元化的跨学科的研究或跨学科的文化分析。[③] 新历史主义跨越了学科间的藩篱，在文学、历史、文学批评、人类学、艺术科

[①] 张京媛：《新历史主义与文学批评》，北京大学出版社 1993 年版，第 160-179 页；又见海登·怀特：《元史学：十九世纪欧洲的历史想象》，陈新译，译林出版社 2004 年版，第 41-49 页。

[②] 同上，第 180-200 页。

[③] [英]拉曼赛尔登：《文学批评理论——从柏拉图到现在》，刘象愚、陈用国等译，北京大学出版社 2005 年版，第 21 页。

学和其他一些学科之间游弋。新历史主义的批评在方法上不拘泥于文本语境的严格界限，或以语境证文本，或以文本释语境。其中语境又不仅局限于创作时的语境，还包括写作的语境、接受的语境和批评的语境。[①]其次，新历史主义主张对话性的文本阐释。新历史主义批评认为文本是作者和作品及作品和所反映的历史之间"协商"的结果，是谈判后形成的协议性产物，对它的阐释必须是一种多声部、社会性和对话性的文本阐释。而且，文本的阐释是一种实践性的过程，文本的意义是不确定的和未完成的。[②]此外，根据新批评的观点，文本的意义产生于对文本的细读中。这种细读能够产生一种不带任何偏见的客观的有关文本意义的阐释。而新历史主义认为，文本是文化和历史的产物，对文本的阅读与阐释必须联系文本产生的文化与历史因素。因而，相对新批评努力在从文本内部的细读中得到文本意义的阐释而言，新历史主义经常采取外求手段。[③] 正是由于新历史主义的批评方法的上述特点，过去话已说尽的某些文学文本研究，在新历史主义批评的视野下可以获得新的诠释的机会。

20 世纪末，西方文学批评中新历史主义的概念随着各种后现代主义著作的译介开始在中国传播。人们发现新历史主义的主张和中国若干固有的文史观念不谋而合，这使得中国人接受新历史主义的批评方法相比任何其他的西方后现代主义观念都容易得多。我们可以很容易地从中国传统的文史领域找到古已有之的与西方新历史主义的相通之处。以下是两点简单的类比：

第一，新历史主义破除了西方现代科学基础上的文学与历史的对立，强调历史中存在着文学叙事，因而历史的真实性和客观性均不可信。而中国自古就承认文史内部的不可分割的联系性，视文史同出一源。以《左传》和《史记》为例，这两种著作无疑是中国早期的史学名著。就编写体裁而言，一为编年体，一为纪传体，分别为我国早期史学著作的两种基本体裁的代表。但这两部史书的编撰方法却是文学的叙事方法。

[①] 张京媛：《新历史主义与文学批评》，北京大学出版社 1993 年版，第 6 页。
[②] 王一川：《批评理论与实践教程》，高等教育出版社 2005 年版，第 181 页。
[③] 同上。

《左传》叙事长于描述战争和人物刻画，又重视记录辞令。其记录人物言辞婉转抒情，既有声律之谐，兼有诗歌之美。唐代史学家刘知几称《左传》"或腴辞润简牍，或美句入咏歌，跌宕而不群，纵横而自得"[①]。《史记》则长于编织栩栩如生的动人故事，其叙事充满传奇色彩和浪漫情调，其人物描写或面目活现，或神情毕露，为鲁迅誉为"史家之绝唱，无韵之离骚"。中国传统认为史学离不开优美的文辞。章学诚在《文史通义·史德》中说："史所贵者义也，而所具者事也，所凭者文也。"他在《论课蒙学文法》中又说："文章以叙事为最难，文章至叙事而能事始尽，而叙事之文，莫备于左、史。"在此，章学诚告诉我们，中国传统中编写历史并不要求历史学家采取客观中立立场，而是采取正义立场。正义是通过历史学家编写的故事取得的，而编写故事所依靠的就是文采。那么，中国历史所崇尚的正义是什么呢？其实这个正义就是史学家浸染其中而不自知的统治阶级的政治道德规范。在我们主流学术术语中，正义就是立场问题，而西方文论则称之为主体意识偏见。《左传》、《史记》之后中国历史编撰更派生出《纪事本末》历史著作，专以叙事为宗，与编年、纪传并列，亦占据中国史籍正统地位。

　　第二，新历史主义在西方学者那里最有意义的研究成果便是发现了历史书写中所充满的修辞手段，所谓客观历史实际上是一种文化诗学。而中国史学家则把"春秋笔法"作为自己分内的责任，他们并不避讳修辞，因而中国的历史书籍也充满着诗情画意。孔子作《春秋》，通过修辞手段暗寓褒贬于笔端，人们称为"春秋笔法"。如《春秋》中记晋文公召天子而使诸侯来朝一事为"天王狩于河阳"。孔子解释说，"以臣召君，不可以训，故书其率诸侯事天子而已"（《孔子家语》），即把这件事情记录下来，但在文辞上却用一个"狩"字，维护天子的地位，暗中贬斥晋文公为非法。中国修史传统又提倡为尊者讳、为亲者讳、为贤者讳，即尊者、亲者、贤者即便有错也不应该直接写下，而应有所回护，因而又产生了委婉与曲笔的修辞方法。《左传》作者左丘明最先对这种笔法作了恰当的概括："《春秋》之称，微而显，志而晦，婉而成章，尽

---

① (唐)刘知几：《史通·杂说上》；见《史通全译》，贵州人民出版社 1997 年版，第 243 页。

而不污，惩恶而劝善，非贤人谁能修之？"[①] 以上"文史同源"和"春秋笔法"只是中国文史传统与西方新历史主义相类似的一部分，他者如"六经皆史"等文本观皆与新历史主义有相通之处。

应该强调的是，中国文史传统并不等于从西方学术体系中成长发展而来的新历史主义。毕竟新历史主义有着不同于中国文史传统的语境和话语。新历史主义中所涉及的语言、概念、范畴、范式、关系以及学术体系与中国文史传统相去绝远，只是两者在意念上存在着相通之处而已。对于把文学和历史判然分为两个学科的现代学科体系而言，新历史主义批评实质上在很大程度上是一种对文史合一的回归。

作为一种指导文学批评的理论和实践，新历史主义的批评方法是有效的。由于它能将批评视野穿梭于文本和更广阔的社会、历史和文化语境之中，因而能够从文本中读出意想不到的含义。不过，新历史主义批评并不是完美的，至少就某些理论和实践环节，新历史主义批评的理论并不尽如人意。比如，新历史主义批评夸大其与传统历史主义之间的界限，对传统历史主义避之唯恐不及，使人有一种它是站在传统历史的对立面的感觉。这种做法除了标榜新异以外，对于文学批评实践并没有真正的意义。其实，在笔者看来，新、旧历史主义存在着的共性最为重要，即它们都重视历史与文本之间的关系。在过去，当批评者研究文本的时代背景或作者生平时，他们心目中文本与语境的联系只是一种模糊的、若隐若现的关联。而现在，文本与语境之间的联系则由于破除了历史真实性(不是历史事件的客观性)的神话而得到了贯通。

[①] 左丘明：《左传·成公十四年》；见《左传全译》，贵州人民出版社 1990 年版，第 689 页。

第一章　姹紫嫣红的《外婆的日用家当》批评

> 我们曾一直深信,欧洲人和美国白人的文化成就不仅代表着迄今为止世界上最高的文明,而且也是人类从胜利走向胜利而最终要实现的完美目标。我们当前精神的崩毁,无名的恐惧和绝望,都源于面对这个荒唐的理念。
>
> ——W.E.B. 杜波依斯[①]

　　艾丽斯·沃克(Alice Walker)1944 年出生在美国佐治亚州一个佃户的家庭里,是家里的第八个孩子。在她成长阶段的 20 世纪四五十年代,美国南方还实行着种族隔离制度,对于南方黑人来说经济和社会改进从法律上讲毫无指望。幸运的是,沃克赶上了五六十年代的政治运动。在她的姐妹中,只有她和另外一名稍长的姐姐茉莉(Molly)可以幻想一下过上比自己父母更好一些的日子。民权运动为艾丽斯·沃克带来了巨大的变化,沃克有机会进入大学读书。她先是在亚特兰大美国黑人女子学院斯贝尔曼(Spelman College)就读,然后又进入纽约市附近的萨拉·劳伦斯女子学院(Sarah Lawrence College)。可以这样说,没有 20 世纪六七十年代黑人和妇女运动导致的变化,沃克以其微贱的出身不可能成为一位著名的黑人女性作家。1968 年,从她出版第一部诗集《曾经》(Once)开始,沃克一直活跃在美国文坛。她创作的诗歌集、散文集和

[①] DuBois, W.E.B. *The World and Africa*. New York, NY: International Publishers Co., INC. 1965, reprinted in Canada 2003, p.1.

长短篇小说多达数十种。其小说《紫色》(1983)曾获普利策文学奖，这使艾丽斯·沃克成为公众人物。作为民权运动活跃分子和社会活动家，沃克曾提出"妇女主义"这一概念，在女权运动史上颇具影响。沃克新近的作品有散文集《我们等待的就是自己》(*We Are the Ones We Have Been Waiting for*, 2006)和小说《魔鬼是我的敌人》(*Devil's My Enemy*, 2008)。

虽然艾丽斯·沃克的《外婆的日用家当》是其发表在 1973 年的早期短篇小说，但在她丰富而多样的写作中，却是一个里程碑式的作品。这篇小说不但在很多国外文学课程中成为必读作品，在中国也拥有众多读者。对《外婆的日用家当》作品的批评自其问世以来就从来没有中断过。几十年来，《外婆的日用家当》这篇小说的含义也因读者和批评者的存在而得到不同的解析。本章旨在对国内外《外婆的日用家当》的批评与研究进行梳理和综述，提出进一步研究《外婆的日用家当》的理论和内容框架。

一、国外批评述要

艾丽斯·沃克的小说《外婆的日用家当》(1973)问世后，相当一个时期没有引起批评界的特别关注。直到 1983 年，沃克的小说《紫色》获得美国普利策文学奖，她的诸多作品在国内外才开始受到广泛的关注和评论。《日用家当》开始出现在美国各高等院校和高中文学课的课堂里，成为必读的现代黑人妇女作家作品的代表作。在中国，《日用家当》也因为被选入《高级英语》(张汉熙主编)这本教材而拥有广大的读者。目前国内外对《日用家当》的研究都以论文的形式散见在各种文学类专业期刊中。比较有代表性的西文研究有十几篇，多发表于 20 世纪的最后 10 年当中。以下按这些论文的发表先后顺序分述。

对《日用家当》较早进行研究的有东卡罗来纳大学(East Carolina University)的玛格丽特·保娥(Margaret D. Bauer)。她在《短篇小说研究》上撰文，对《日用家当》进行了结构上的分析。① 保娥认为《日用家

---

① Bauer, Margaret D. Alice Walker: Another Southern Writer. Criticizing Codes Not Put to Everyday Use. *Studies in Short Fiction,* 1992, 29: 143-151.

当》在结构上与美国另外一位南方作家弗兰纳里·奥康纳(Flannery O'Connor, 1925—1964)的作品相似:一个傲气的孩子低看了母亲的简单,以及母亲遗产的简单。这种模型、情节、线索和人物类型在弗兰纳里·奥康纳的几篇短篇小说中都可以找到。例如《乡下好人》(*Good Country People*)、《物极必反》(*Everything That Rises Must Converge*)和《持久的寒冷》(*The Enduring Chill*)在结尾都有高傲的孩子最终认识到自己的肤浅,从而使父母得到更正面的形象。按照保娥的理解,沃克在故事的开始,把母亲描绘成比居高临下的女儿更值得同情的角色,虽然女儿在结尾并没有经历自我觉悟,但沃克还是把最后的叙事权给予了母亲。这样做会给读者一个清楚的印象,正是母亲真正懂得她的遗产及其传承。

人们在日常交往中,语言的掌握和沟通能力往往决定人际交往的成败。南卡罗来纳哥伦比亚学院(Columbia College)的学者南希·图坦(Nancy Tuten)在解释《日用家当》中母女关系时分析了母亲和女儿相处中对语言和表达方式的掌握。[①] 图坦指出,在小说开始,迪伊非常伶俐的口齿和语言能力是她能够凌驾在母亲和妹妹之上的原因。同时,迪伊错误地使用语言也是她自己与家人产生距离的原因。图坦提醒读者,按照妈妈的话说,迪伊善于用语言来表达。例如,当迪伊为妈妈和麦姬读书时,她的语言在妈妈的感受中如同在"洗刷我们,燃烧我们,压榨我们和推搡我们"。相比之下,妈妈则更多地使用身体动作来表达自己的意思。例如,妈妈搂抱麦姬,把麦姬拉入房间,夺过迪伊的被子,将被子塞进麦姬怀里。妈妈是用肢体语言最终迫使迪伊闭口无言的。图坦在文章中还强调了麦姬对迪伊的厌恶。从语言结构上看,图坦注意到,沃克在《日用家当》的行文中,上半部分使用一般现在时态,后半部分使用过去时态。图坦认为沃克这样做是使妈妈开始少一些叙事权威,而在后半部分加强妈妈的声音,给妈妈更强的控制力。

已故加州大学伯克利分校杰出黑人女性文学评论家、教授芭芭拉·克里斯蒂安(Barbara T. Christian, 1943—2000)对艾丽斯·沃克有深

[①] Tuten, Nancy. Alice Walker's Everyday Use, *Explicator*, 1993, 51: 125-128.

入的研究，她曾发表多种对沃克作品的评论。1994 年她专门为《日用家当》编辑了一个评论集，收入 5 篇与《日用家当》相关的评论文章和其他材料。① 克里斯蒂安借用引言的篇幅对《日用家当》进行了深入的讨论。克里斯蒂安指出，被子并不仅仅是《日用家当》一篇小说的主题，在沃克早期的作品中，被子也占据很突出的位子。在《日用家当》和沃克的散文集《寻找母亲的花园》中，沃克开始用母系传承下来的被子缝制来比喻美国黑人的创作遗产。而在沃克的其他小说中，如《格兰奇·柯普兰的第三次生命》(1970)、《紫色》(1982)和《拥有欢乐的秘密》(1992)都有被子这个核心。据克里斯蒂安的说法，早在 20 世纪 80 年代，为沃克作品所驱动，包括文化女权主义批评家伊莱恩·肖瓦尔特(Elaine Showalter)在内的很多研究都探讨了被子的象征含义和美国文学及文化的关系。在《姐妹们的选择》一书中，肖瓦尔特调查了被子的历史及其和美国文化的关系，内容涵盖了从 19 世纪妇女文学中的被子到为艾滋病人捐献的慈善被子，认为在当代文化中被子的象征意义十分重要。依照克里斯蒂安的理解《日用家当》从某种程度上是沃克对 20 世纪 60 年代黑人运动提出的遗产概念的反映。在那个时期，出于对黑人内部团结状况的失望，很多美国黑人被文化民族主义的哲学吸引。黑人权利运动强调过去的非洲文化是美国黑人真正的遗产，承认和欣赏这份经常被黑人自己或白人糟蹋的遗产，是那个时期革命运动的主要原则。很多美国黑人为确定其非洲的根，而更改了他们的奴隶的名字，而去使用非洲名字，蓄非洲爆炸式发式和穿非洲服装。这个时期的理想对老一代美国黑人也给予了冲击。这些老一代男女被称为汤姆大叔和大婶，他们没有一点自己的文化觉悟。由于奴隶制的过去，他们接受了白人对黑人的看法。在克里斯蒂安那里，妈妈从迪伊那里突然拽过被子，塞给麦姬，是没有道理的。因为，迪伊受过教育，政治成熟，而麦姬保守，只会把这被子当作日用。妈妈这样做只是出于自己对被子的意义和精神的理解。

克里斯蒂安在引言中回顾了作者和小说的社会背景。沃克出生在典型的南方贫困的佃农家庭里，家里孩子众多。美国的奴隶制度虽然早已

---

① Christian, Barbara, T. *Everyday Use by Alice Walker*. New Brunswick, NJ: Rutgers University Press, 1994, pp.3-19.

取消，但在她成长的 20 世纪四五十年代，南方还实行着种族隔离制度。因此对于南方黑人来说经济和社会改进是非常艰难的事。但是幸运的是，20 世纪五六十年代的政治运动，给美国南方带来了变化，使沃克得到受教育的机会，沃克写作天分才从不同的写作文体中表现出来。她创作诗歌、短篇小说、散文和长篇小说。她发表的第一部作品是诗集《曾经》(1968)。这本诗集批评了非洲制造的黑人权利运动。具有讥讽意味的是沃克把她去非洲旅行时土著人给她的名字万杰罗(Wangero)用在了《日用家当》里的迪伊(Dee)身上。

克里斯蒂安在文章中还关注着另外一件事，即沃克不满意黑人权利运动理论家们热衷于对美国黑人过去成就的庆祝，而创造这些成就的人却往往被忽视。这个主题在短篇小说集《爱和烦恼》中反复体现出来，而在《日用家当》中这个主题也得到明确的表现。沃克在以后的作品中仍不断地表现这个主题。此外，克里斯蒂安对教育引起的文化观念变化也有所讨论。在《日用家当》里，姐姐有机会上大学，而妹妹却待在家里，形成对照与文化冲突。在沃克其他作品里也存在着同样的话题。如在《献给我 50 多岁的姐姐茉莉》(*For My Sister Molly Who in the Fifties*)中，沃克探讨了由于教育使茉莉与自己的文化根源断离而引发冲突的例子。像茉莉一样，迪伊在经过教育后，也变得与自己社区的亲人难以相处。迪伊去过北方，蓄着爆炸发式，懂得 20 世纪 60 年代的政治辞令，但是她对创造出文化遗产的乡亲们却有所忽视。她不知道如何缝制被子，她只打算把被子挂在墙上向他人炫耀。但是，麦姬一直待在南方，没受过教育，她热爱自己的家庭，珍惜家庭历史，知道怎样缝制被子，她会将宝贵的被子用于日常生活，这正是沃克对待遗产的主张，其中暗示沃克对黑人在美国发达的大学里接受教育的意义产生怀疑。

克里斯蒂安对与《日用家当》相关的 20 世纪末的女性写作也有所评论。这一时期不少美国女性作家利用女性创造的物件来发扬不同的美国文化。同时，更多的美国作品开始关注女性声音、女性主体，并强调美国黑人女性不同的声音和权利。从 1970 年到 1980 年美国女性作家比以往任何时代都更加活跃，她们不断把自己塑造成世界舞台的主要活动者。克里斯蒂安评论说，沃克的文学作品和在展示美国黑人女性被子文化遗产时表现出的智慧有助于美国文学的积极发展。

对被子遗产的态度是国外学者研究的中心之一。1996 年,南卡罗来纳大学的学者大卫·科瓦特(David Cowart)撰文"遗产与隔断",对《日用家当》中的被子进行了重点评论。[①] 科瓦特对迪伊采取责备态度,认为迪伊只是认识到被子是一种易碎的遗产,但是她对被子遗产有所辱慢。科瓦特进一步认为迪伊责备他人无视遗产,而自己却几乎完全与自己生活的传统割断。被子在小说中代表着一种个人的直接遗产,代表着迪伊已经丢弃的遗产,因为她自己不会缝制被子。如果麦姬不去传承,这种艺术会消失。所以对妈妈和麦姬来说遗产这个概念永远要服从生活传统这个事实。这个传统就是一代人通过女红技巧和缝制被子保持与上辈的联系。科瓦特对妈妈持赞赏的评价,认为妈妈是个真正的非洲人,而对于非洲来说唯艺术是不存在的,所有的物件都有实用价值。而迪伊却采取了一个西方人对艺术和物质价值的态度。科瓦特又把被子看成是美国乡村生活的文本,其中存在着明显的文本互换,因为在被子中包含着过去生活的碎片。

姐姐迪伊真的不懂得她的遗产吗?1998 年,查理斯顿学院(College of Charleston)苏珊·法拉尔(Susan Farrell)在《短篇小说研究》上著文,为姐姐迪伊进行了翻案。[②] 美国多数读者都同意《日用家当》的核心表现了大女儿迪伊的肤浅,小女儿麦姬对自己遗产的深厚理解,以及母亲对两位女儿认识上的觉醒。可是在法拉尔看来,虽然迪伊在某种程度上有些自私,可正是迪伊提出了遗产的问题,并且提出了当代美国黑人对付社会压迫的一种战略,而这种战略比妈妈和麦姬的策略更有效。法拉尔也讨论了迪伊的名字更改。此前一些读者指出更名是故事的转折点。更名这个场景,表达了迪伊和自己的家庭遗产和身份的决断。但是法拉尔认为妈妈和迪伊都没有错。妈妈对名字的家庭历史的回忆是准确的。但是批评者忘记了迪伊声称她的名字来源于那些压迫者也是正确的。以前多数读者把妈妈和麦姬对遗产的看法视为是真实的,而迪伊的

[①]　Cowart, David. Heritage and Deracination in Walker's Everyday Use. *Studies in Short Fiction*, 1996, 33: 171–184.

[②]　Farrell, Susan. Fight vs. Flight: A Re-evaluation of Dee in Alice Walker's Everyday Use. *Studies in Short Fiction*, 1998, 35(2): 179–186.

看法则是肤浅的。法拉尔则说其实妈妈和迪伊对遗产的看法都有偏颇之处。迪伊要学会尊重其个体的特殊的家庭历史,而妈妈则要学会美国黑人的整个历史,以及向压迫者反抗。虽然两个人都固执,但也都向对方进行了让步。迪伊告诉妈妈如果她不喜欢可以不用迪伊的新名,而妈妈则表示她愿意学习和使用这个名字。在此法拉尔赞扬了迪伊为了某个事业进行奋斗的意愿,也批评了妈妈和妹妹只愿意停留在过去习惯的生活方式上而不思改变的倾向。

就被子遗产问题,2000年珊姆·韦兹特(Sam Whitsitt)在《美国黑人评论》发表文章,对《日用家当》做了相当有分量的研究。[①] 该文肯定了沃克把被子作为妇女书写场所这一象征手法的贡献。文章回顾了黑人被子作为艺术品在20世纪60年代所经历的再评估过程。在这个过程中,黑人被子从家庭妇女家长里短的边缘象征地位,转变为70年代的美国文化身份的核心象征。韦兹特引用芭芭拉的见解强调,《日用家当》和《寻找母亲花园》第一次把被子作为母系祖先的遗产,这代表着美国黑人的创造性的象征。按照韦兹特的理解,被子代表民族的历史,这个历史传统把男人、女人、过去和现在联系在一起,为妇女作家提供了一个场所。精确地说,由于女性小说写作一般还是被看成在男人的阴影下做的事,因此,被子的象征及其世界把女性作家带出了这个阴影,把她们带到了属于自己的一个公开场所。在文章中,韦兹特不同意一些批评者对迪伊表示出的刻薄:比如,南希·图坦认为在小说结尾迪伊的声音没有了,她从妈妈的叙事中消失了。又如,贝克甚至认为迪伊是邪恶的,是妈妈宁静牧场里的毒蛇,她不真实,是叛徒。韦兹特提倡对差异的尊重,认为迪伊不应该受到压抑,迪伊不能离场。迪伊必须在画面中,因为是迪伊提出了被子的价值问题、经济问题和象征性问题。

迪伊的名字更改一直是研究者评论的焦点之一。挪威特隆赫姆教会学校的教师海尔加·候尔(Helga Hoel)1999年对迪伊的更名进行了细致的考证。[②] 候尔声称"Wangero Leewanika Kemanjo"对于一般的

---

① Whitsitt, Sam. In Spite of It All: A Reading of Alice Walker's Everyday Use, *African American Review*, 2000, 34(3): 443-459.

② Hoel, Helga. Personal Names and Heritage: Alice Walker's Everyday Use, *American Studies in Scandinavia,* 1999, 31: 34-42.

读者可能是一个非洲名字，但其实并不是一个非洲的名字。这个名字，与基库尤语(Kikuyu)中的名字相关。但是，至少其中两处有拼写错误。"Wangero"不是基库尤语名字，正确的基库尤语名字应为"Wanjiru"。这个名字是基库尤族九个部落名字之一。最后一个名字"Kemanjo"也被扭曲了，正确的基库尤语名字应为"Kamenju"。而当中的"Leewanika"根本不是基库尤语名字。候尔有一个基库尤族的语言朋友，这位朋友知道有个马拉维妇女叫做"Leewanika"，所以候尔称迪伊的名字至少应该是混合了几个部落名字。迪伊的名字代表了整个东部非洲，或者换句更接近事实的话来说，迪伊对非洲知之甚少，她根本不明白其中的意义。候尔还列举了她在西雅图安蒂奥克(Antioch)大学读书时的见闻，用以说明20世纪60年代末和20世纪70年代美国黑人学生对非洲语言崇拜的情况。候尔介绍说1969年美国黑人学生在安蒂奥克学习斯瓦西里语。他们为他们的"团结宿舍"以斯瓦西里语命名为"Nyambi Umoja"。但是其中"Nyambi"是"nyumba"的误拼。候尔以此证实，20世纪70年代，黑人学生关于非洲语言的概念是混乱的。候尔的文章还引述了1973年玛丽·华盛顿(Mary Helen Washington)与艾丽斯·沃克的一次访谈。在这次访谈中，沃克谈到了《日用家当》中的三位女性人物的创作。按照沃克的说法，小说中的三位女性其实就是她本人的三个部分。沃克说："我真的把这三个人当做一个人。老妇女和她的两个女儿是一体的。那个生存并活着的老妇人有一个女儿和她自己一样，活着、忍受着、爱着，不过却也愿意到外面的世界去看看变化，经历变化。"海伦评论说，大女儿和小女儿的冲突表现了沃克内心的冲突。候尔还引述沃克的话说："我的确有一个非洲人给我的名字，我爱这个名字，并且一有机会就用它。我喜欢我的肯尼亚长袍、乌干达长袍，所有这些都是我的组成部分。但是另一方面，我父母、我祖父母也是属于这个文化的，他们先我而至。"在没有见到1973年访谈的原文时，候尔的引述对于我们理解《日用家当》的某些情节很有助益。候尔还引述海伦的观点：三个女人都是艺术家，妈妈是讲述她的故事的叙事者；麦姬是被子艺术家，她是《日用家当》中的艺术品的创造者；迪伊是摄影师和艺术品收藏家，她自觉地、有目的地设计了自己的首饰、服装、发式，是一个自我塑造者，她也创造了自己的名字和身份。

对《日用家当》还有一些短小而见解独到的研究。比如 2003 年美国新泽西州肯恩大学(Kean University)的约翰•格鲁瑟(John Gruesser)在《诠释》(*Explicator*)期刊上发表了一篇短文,对《日用家当》中的动物名词出现的高频率给予了关注。[①] 比如妈妈、迪伊和麦姬都明里暗里地和某种动物联系在一起。妹妹麦姬的记忆力和大象联系在一起,她走路的样子与瘸狗联系在一起,而姐姐迪伊的声音则跟鸟鸣联系起来,妈妈的行为和奶牛相联系。此外,小说使用了很多动物名:蜥蜴、骡子、马、羊、牛等。格鲁瑟认为沃克在《日用家当》中利用动物加强故事的主题线索是一个特色。

二、国内批评述要

在国内,对《外婆的日用家当》的研究始于 21 世纪初,近 10 年来,各专业期刊上发表的有关学术论文不下 40 篇,其中不乏见解独到之作。这些论文大致从(1)女性主义批评视角,(2)文化身份认同分析视角,(3)人物塑造和遗产继承分析视角,(4)创作心理分析视角,(5)文本修辞手法分析视角等方面对《日用家当》进行了解读和研究。

(一) 女性主义批评视角

艾丽斯•沃克是美国女权主义的旗手,她提出"妇女主义",不同于其他女性主义主张。她的作品在伸张女权的文学思潮中独树一帜,因而对《日用家当》的研究有从女性主义批评着手的。黄炳瑜(2003)著文指出妇女作家和评论家是寻求自我意识的先驱者,她们强烈渴求用自己的声音说话,不再受制于"男性话语"。[②]《日用家当》的作者沃克的意图在于探讨如何以正面的方式构建黑人女性主体性。而女性寻找自我个性的过程是长期而痛苦的,她们面临艰难的取舍。如何能

[①] Gruesser, John. Walker's Everyday Use. *Explicator*, 2003, 61:183-185.
[②] 黄炳瑜:"女性自我意识的觉醒——艾丽斯•沃克《日常使用》(日用家当)中的女性形象",《广西师范学院学报》(哲学社会科学版) 2003 年第 1 期。

既保持传统美德又获得自我价值的承认,如何在白人女权主义话语、黑人男性传统话语的遮蔽中突显黑人女性话语,这是黑人女性文学和整个黑人文学理论要探究的课题。黄晓燕(2007)则认为在《日用家当》中沃克凭借有限的篇幅,最大限度地诠释了美国黑人女性在新的历史和文化环境下对自我身份的追寻、对自强自立主体意识的渴求,从而强烈地表现了当代美国黑人女性意识的觉醒。①《日用家当》故事的结尾,迪伊和麦姬告别时,麦姬曾经有一个意义不明确的笑。对于这个笑,黄晓燕从女权主义的视角解释为:玛吉(麦姬)是在毫无怨言地接受姐姐对她的教训,这一笑似乎在告诉黑人姐妹们,她一定会从自我封闭中走出来。女性主义批评还有温军超(2008)的"《外婆的日用家当》中的女性主义视角"一文。文中讨论了女人是被放逐的这个主题。小说的题目、小说中男性人物的几近缺失,以及人物角色中的女性主义倾向都在为作者的无奈"放逐"设置铺垫。黑人被放逐,黑人女性被放逐,他们只能无奈地接受;而作为这些女性色彩气氛操控者的作者(沃克),也为自己捏了一把汗,或许她自己也正在被放逐着呢。此外,王雅丽和丁礼明(2007)、赵晓囡(2008)等都在其各自的研究中涉及女性主义和妇女主义论题。

(二) 文化身份认同分析视角

身份认同分析在已有的研究中所占比例相当大。其中不少论文都从《日用家当》的字里行间读出了美国黑人的民族文化身份具有二重性的特征,并且认为承认美国黑人文化的美国性和非洲性的统一,应是黑人对自己的文化身份采取的适当态度。张峰与赵静(2003)较早地提出《日用家当》反映的美国民族文化的二重性问题。②他们在讨论完"百衲被"为美国文化身份的中心隐喻,是妇女团结友爱的象征,更是民族文化遗产的标志之后,更明确地表示迪伊等青年人忽略了非常重要的问题:他们是文化融合的产物,他们既是黑人又是美国人,要传承的应该

---

① 黄晓燕:"当代美国黑人女性意识的觉醒——解读艾丽丝·沃克的短篇《日常使用》",《湖南师范大学社会科学学报》2007年第3期。

② 张峰、赵静:"'百衲被'与民族文化记忆——艾丽思·沃克短篇小说《日用家当》的文化解读",《山东外语教学》2003年第5期。

至少是两份遗产:非洲的和美国的。因而否认其美国遗产在很大程度上是对祖先的不敬,并会由此导致其自我身份的残缺。蔡奂(2008)比较多地从理论上转述了杜波伊斯的"双重意识"理论:"两个灵魂,两种思想,两种彼此不能调和的斗争;两种并存于一个黑色身躯内的敌对意识,这个身躯只是靠了它的百折不挠的毅力,才没有分裂。"[①] 蔡奂认为,"双重意识"形象地反映了美国黑人的双重身份——既是美国人,又是黑人——所引发的内在冲突。《日用家当》以一个普通的黑人家庭中母女三人的平凡经历,尤其是通过备受争议的大女儿迪伊的形象塑造,生动体现了沃克对"双重意识"融合的必要性及可能性的深层思考。在此前后,黄先进(2005)、管淑红(2006)、王雅丽和丁礼明(2007)、徐继明(2007)、赵月(2007)、赵艺红(2008)、颜文娥(2008)和刘俊娜(2008)等都在各自的研究中涉及美国黑人的民族文化身份二重性的问题。

　　身份认同理论驱动下的研究牵涉到《日用家当》中具体人物的身份认同问题。钟馨和杨敏(2008)在"谁是他者"一文中分析了《日用家当》中三位黑人女性对待白人主流社会和本民族传统文化的态度,并把她们作了如下划分:母亲是传统文化的捍卫者;麦基(姬)是传统文化的继承者,迪伊是传统文化的背离者。[②] 在对待白人主流文化上,三人的内心都存在着深刻的矛盾性,这种矛盾性导致了迪伊与母亲和麦基互为"他者"。因此当她们在寻觅自身的文化身份时,都有着无法祛除的茫然与无奈。所以,在种族歧视盛行的美国,相对于白人主流社会而言,小说中母女三位黑人女性皆为"他者"。张建惠(2008)在"南辕北辙的迷途"一文中专门对迪伊的性格进行了分析,指出迪伊使用混杂的语言、不一致的装束,不肯放弃汽车,使用拍立得和戴墨镜等行为都表达了她对黑人文化的追求,但这些行为无一不表现她深层身份认同的混乱。[③]她无法割舍从小向往、认同的白人主流文化,又缺少对黑人文化核心价

---

① 蔡奂:"逃避与回归:论《日常用品》(日用家当)中黑人美国梦的双重性",《湖北广播电视大学学报》2008 年第 3 期。
② 钟馨、杨敏:"谁是他者——解读《日用家当》中黑人的身份认同",《信阳农业高等专科学校学报》2008 年第 1 期。
③ 张建惠:"南辕北辙的迷途——《外婆的日用家当》中迪伊的性格分析",《长沙大学学报》2008 年第 4 期。

值的深刻了解，也就不可能从真正意义上亲近黑人的价值观。她的寻根之旅是一条虽有正确终点、却没有正确方向的南辕北辙之路。温军超(2008)也从人物的身份认同上对《日用家当》进行了分析。[①] 其中母亲的身份认同被划定在性别上，迪伊的身份认同被界定在民族和种族上，而麦姬则有着混杂的身份认同。温军超认为，小说中人物的身份认同问题反映出作者的身份认同问题，因而《日用家当》是沃克关于自己民族种族身份认同的一个作品。

（三）人物塑造和遗产继承分析视角

黑人在美国的文化发展上曾经有过辉煌的贡献。美国爵士乐、布鲁斯、体育、街舞、黑人说唱，都曾经让美国黑人自豪，而黑人的拼花被子也在 20 世纪末成为一种文化遗产。拼花被子在《日用家当》中作为黑人的一份遗产得到多数读者认可，而其中母女三人对待这份遗产的各自态度则成为衡量人物的标准。在分析小说人物和遗产关系问题上，不少研究都持有赞扬妹妹麦姬，贬抑姐姐迪伊的态度。较早从对被子遗产的态度臧否人物的研究有张晔(2002)"黑人文化与白人强势文化的撞击"一文。[②] 在分析作品的人物时，迪伊的地位受到贬抑，因为她觊觎那两条被子仅是出自对被子的价值及美学意义的考虑，根本没有透过被子的拼图看到值得黑人们骄傲的历史和他们祖先的文化。迪伊要把被子作为装饰品远远欣赏，恰好说明她要阻断、割裂与祖先的联系以及与历史的联系。迪伊忽视被子作为家族遗产的历史文化意义，而只注重欣赏其美学价值。相反在缝制被子这一鲜活的过程中，麦姬继承了黑人的历史与传统。在张晔看来，毫无疑问麦姬就是这个家族文化与传统的最理想的继承人，这也正是为什么沃克在小说的结尾让母亲从迪伊怀中夺过被子，塞给小女儿麦姬的原因。这是母亲的选择，这更是作者沃克的选择。管淑红(2006)在"寻找失落的美国黑人文化遗产"一文中认为，

[①] 温军超："从身份认同角度分析《外婆的日用家当》"，《安阳工学院学报》2008 年第 3 期。

[②] 张晔："黑人文化与白人强势文化的撞击——沃克《外婆的日用家当》小说解读"，《北方论丛》2002 年第 6 期。

通过母亲的艰难抉择，谁是被子最理想的继承人以及该如何使用它们应该是清楚的，即文化和遗产既不是迪伊热衷的名字的改变，也不是发型的变换，更不是说一口外国腔，它们不是因时尚而接纳的东西。[①] 文化遗产是祖祖辈辈传下来的，不是突然发现而获得的，拥有真正文化遗产的人应该像麦姬那样在日常生活中每天使用它。管淑红认为，这也是沃克通过《日用家当》想要表达的一种关于黑人遗产的思索。因对被子的态度而形成的贬抑迪伊、同情麦姬的看法非常普遍。张延军和武雪莉(2003)、杜荣芳和胡庆洪(2006)，以及韩艳萍、裴志权和孙金莲(2007)等人发表的论文都清晰地表达了对迪伊的贬抑和对麦姬赞扬的看法。

但是，2007 年李洁平和杜寅寅分别发表评论文章对《日用家当》的核心人物迪伊表示了不同的看法。[②] 李洁平认为：沃克始终对黑人文化与白人主流文化之间存在的那种相互对立排斥、补充融合的错综复杂关系感兴趣。沃克向读者传达了一个隐含主题：与黑人传统紧紧相连是个美德，但如果只死守着传统而拒绝任何变通，那么传统就有可能成为一种束缚，使得人们在思维、行动上受到限制。母亲身上是有局限性的，作家对迪伊所代表的拥护"融合"的开明行为表示了赞扬。通过母亲的顿悟，沃克想传达的是：迪伊这样的黑人女性给那些逆来顺受、忍辱负重的黑人树立了榜样，为非裔美国人注入了一种反抗精神，没有这种反抗精神，大谈特谈尊重黑人传统文化或《日用家当》中的民族艺术就是一句空话。杜寅寅对母亲和迪伊的性格作了比较，认为母亲在行为举止上与那个不向命运屈服，意志坚强和无所畏惧的大女儿蒂(迪伊)有极大的相似之处。恰恰是在故事的结尾处，迪伊教会了母亲如何反抗和表达个人的意愿。从另一个角度看，读者从母亲的身上可以看到迪伊所继承下来的倔强、顽强和意志坚决的品质。因此，在阅读《日用家当》的故事过程中，认为只有母亲和小女儿麦琪(姬)才真正了解美国黑人的家族文化遗产，而迪伊的认识却是肤浅和错误的看

22

---

① 管淑红："寻找失落的美国黑人文化遗产——试析艾丽斯·沃克短篇小说《外婆的日用家当》"，《内蒙古农业大学学报(社会科学版)》2006 年第 1 期。

② 李洁平："《日用家当》中女性形象解读"，《外语与外语教学》2007 年第 3 期。

法是太过于简单化了。①

　　母亲在《日用家当》中是个叙事者，一般在人物评论中都顺便带过。有专章讨论母亲的三篇论文都对母亲采取了讴歌的基调。甘文平和彭爱民(2006)在《武汉理工大学学报》发表文章，从三个方面对母亲的多重性格给予了评论，称母亲是一位具有多重性格的黑人母亲。② 她的多重性格表现在面对白人的种族压迫和男权文化的统治所显示出的自立自强、宁静平和以及怡然知足的态度和品行。赵晓囡(2008)的文章也以讴歌的形式评论了母亲，认为沃克笔下的母亲一方面在文化的传承和创造方面发挥作用；另一方面又是独立自主的黑人妇女的代表。③ 她热爱黑人女性文化，热爱亲人，充满了坚忍不拔的女性力量和深厚的女性情感，这正是沃克所大力倡导的"妇女主义"的集中体现。蔡奂(2008)则分析了沃克对黑人母亲内心世界的描写，认为作者沃克从黑人妇女的特殊经历和视角出发，展示了黑人妇女的生存境况和意识状态，塑造了一位虽深受种族歧视之害，生活极度困窘，却仍然保持勤劳乐观、宽容平和、睿智幽默的黑人母亲的形象；④ 并认为沃克充分肯定了作为黑人文化传承者和黑人艺术创造者的黑人母亲，称赞了被誉为"人间之骡"的黑人母亲，在逆境中保持旺盛生命力和艺术创造力的优秀传统和可贵精神。目前为止，母亲的局限性尚未有专文讨论，不过一些文章在字里行间流露出一种看法，即母亲并不是完美的。如杜可富(2003)认为《日用家当》中的三位黑人女性都认为自己是正确的，其实她们都有意识偏差，都存在着自我认知的误区。⑤ 张瑛(2008)、胡忠青和蔡圣勤(2007)等则称母亲为美国黑人妇女的普通代表，暗示母亲身上存在着某种落后因素。⑥

① 杜寅寅："解读《日用家当》中蒂的形象"，《科技资讯》2007年第5期。
② 甘文平、彭爱民："《日常家用》中母亲多重性格评析"，《武汉理工大学学报》(社会科学版)2006年第4期。
③ 赵晓囡："艾丽丝·沃克的'妇女主义'情结"，《电影文学》2008年第23期。
④ 蔡奂："寻找母亲的花园——《日常用品》中黑人母亲形象分析"，《楚雄师范学院学报》2008年第1期。
⑤ 杜可富："艾丽斯·沃克焦虑在《家常用法》"，《山东外语教学》2003年第6期。
⑥ 张瑛："艾丽丝·沃克《日用家当》中的人物解读"，《湖北第二师范学院学报》2008年第9期；胡忠青、蔡圣勤："《外婆的日用家当》中女性人物的象征意义"，《湖北社会科学》2007年第4期。

(四) 创作心理分析视角

在众多的批评文章中有两篇文章可以归入心理批评类。杜可富(2003)从《日用家当》的行文中读出了作者沃克的一种称为焦虑心理的情绪,从而对沃克的创作心理有所评论。[①] 杜可富认为,这种焦虑正是沃克生活在痛苦和担心之中的忧族忧民情绪,而沃克也正是通过她的创作来宣泄自己的焦虑情绪的。综观《日用家当》中三个人物所思、所想、所为,在杜可富看来,母女三人都沉浸在各自不同的自我意识之中。她们都认为自己是正确的,其实她们都有意识偏差,都存在着自我认知的误区。她们所持的自我和认知态度都是美国黑人不可取的。面对这种现状,作为一位有着强烈的黑人种族意识和高度民族觉悟以及深刻同析力,并且忧族忧民的黑人精英沃克,焦虑和恐惧自然就成为她挥之不去、驱之不散的心病。张叶和黄晓燕(2008)则将弗洛伊德的人格理论用于《日用家当》中三个主要人物的分析。[②] 在弗洛伊德的人格理论中,人们的心理被表述为由"本我"(id)、"自我"(ego)和"超我"(superego)三部分构成的人格结构。《日用家当》中的三位主人公正是分别对应着人格结构中的三个层次:大女儿迪伊代表着"本我",小女儿玛吉(麦姬)代表"超我",而母亲代表着起协调平衡作用的"自我"。从《日用家当》的情节演绎中,麦姬对自身价值的认可最终实现,母亲从最初的追求欲望转变到正视现实,有力地压制了迪伊的本能和欲望。这个过程可以解释为"自我"在"超我"的约束下,最终战胜"本我"。

(五) 文本修辞手法分析视角

作者沃克在写作时使用了大量的修辞手段,包括象征、暗喻与反讽,这些修辞手段增加了《日用家当》的可读性,但也在不少情况下增加了文本的多种阅读理解的可能,因而激发了一些专业读者的批评动机。究竟沃克笔下的人物、物件暗喻或象征着什么,存在着批评者仁者见仁、智者见智的情况。就人物而言,姚晓东和李寒冰(2006)著文表示:母亲

[①] 杜可富:"艾丽斯·沃克焦虑在《家常用法》",《山东外语教学》2003 年第 6 期。

[②] 张叶、黄晓燕:"人格分析中凸显的文化冲突——艾丽斯·沃克的《日常用品》分析",《湖南城市学院学报》(人文社会科学版) 2008 年第 1 期。

健壮、粗糙、勤劳能干、贫穷、没有受过多少教育，但不乏见识，是普通美国黑人的典型代表。[①] 麦姬丑陋自卑、懦弱、逆来顺受、胳膊大腿上还留有伤疤，象征着疤痕累累的伤痛文化，也象征着奴隶制的大火和种族压迫为黑人留下的难以磨灭的印记。而迪伊则成了黑人权利运动的象征、寻根非洲文化的先锋。张瑛(2008)、胡忠青和蔡圣勤(2007)对人物的象征意义的理解彼此比较接近。她们都认为母亲代表着普通的美国黑人妇女；迪伊代表着黑人民族文化运动，或运动的盲目追随者；而麦姬则是美国黑人伤痛文化的化身。拼花被子是具有明显象征意义的物件。张峰和赵静(2003)表示"百衲被"的传统具有文化、美学寓意，它与妇女的写作过程非常相似：先选择题材，然后是布局、措辞，按照一定的主题和结构，运用各种艺术技巧完成一部作品。[②] 因而"百衲被"取代了美国的"大熔炉"，成为美国黑人民族文化身份的中心隐喻。它不仅是妇女团结友爱的象征，更是民族文化遗产的标志。把拼花被子比喻为美国黑人文化身份的象征得到了批评者的一致认同。《日用家当》中的其他事物、场景在一些专业读者看来也具有象征或暗喻意义。迪伊回家时，戴了一副墨镜，这副墨镜喻示着迪伊的假面具。迪伊离开家了，要回到自己的生活圈子，面对不同的群体和阶层，所以就要换上另一副面孔、另一个姿态。她要刻意掩饰一切、努力赢得白人的认可和赞同，因而，迪伊需要不断地变换面孔。姚晓东、李寒冰(2006)在这方面有详细论述。[③] 房子在《日用家当》中两次出现，在张瑛(2008)看来，房子象征了美国黑人妇女赖以生存的家园。[④] 而在赵艺红(2009)的眼中那个带小院子的房子则象征着美国黑人的文化环境。[⑤] 把旧房子烧掉的那场大火象征着白人强势文化的势不可挡和奴隶制给美国黑人民族带来

[①] 姚晓东、李寒冰："文化冲突与身份认同——《日用家当》解读"，《长春工业大学学报》(社会科学版) 2006 年第 3 期。

[②] 张峰、赵静："百衲被与民族文化记忆——艾丽思·沃克短篇小说《日用家当》的文化解读"，《山东外语教学》2003 年第 5 期。

[③] 姚晓东、李寒冰："文化冲突与身份认同——《日用家当》解读"，《长春工业大学学报》(社会科学版) 2006 年第 3 期。

[④] 张瑛："艾丽丝·沃克《日用家当》中的象征意蕴"，《湖北工业大学学报》2008 年第 6 期。

[⑤] 赵艺红："《日用家当》的多维度象征意义探析"，《东疆学刊》2009 年第 1 期。

的抹不掉的永久的屈辱与伤痛。赵艺红进一步指出《日用家当》的作者艾丽斯·沃克将小说中的人物、事件、场景等赋予了象征意义，它们组成了一个带有意指的文化符号系统。作者透过这些符号具体形象的表层意义传递着其中所蕴涵的文化观念、思想，充分表达了美国黑人内心深处的感受和期盼。小说的多维象征意义实现了文学的模糊性、美学价值，体现了美国黑人的美学价值观，也提供给读者更宽广的解读空间和更丰富的审美享受。在《日用家当》的修辞手段研究中，尚有王晓英(2005)讨论其中反讽艺术的一文值得提及。[①] 王晓英从文本的角度对作品中的反讽艺术进行分析，认为《日用家当》中处处存在着反讽艺术的运用。首先，这篇作品中"日常用品"[②] 一词的真实意义与其字面意义是对立的。沃克的本意应是：正是因为被子被当做日常用品才更加体现了它作为民族文化遗产的珍贵价值。其次，妈妈自称没有受过多少教育，但是与妈妈实际展示给读者的形象之间有着不一致性。其实，这也是作者沃克安排的一个隐而不现的反讽结构，即由叙述者与作者的态度不一致而形成的反讽。第三，以迪伊受了学校教育，反而对自己的民族文化遗产认识偏差为例。人们一般都认为，通过学校教育可以获得知识从而变得聪明成为有文化的人。但这篇小说表明教育不是通往知识的唯一途径，它甚至还可能妨碍一个人对社会和文化的理解。这可以视为《日用家当》最后的，也是最大的一个反讽。王晓英认为借助叙事学研究方法，考察艾丽斯·沃克作品中的反讽艺术，不仅可以深化对其作品的认识，而且有利于理解她作品的艺术价值。

以上综述表明，目前国内对《日用家当》的研究已经取得了重要成果。不过从研究的状况看，尚存一些问题。比较突出的是：(1)《日用家当》的研究目前还在进行，但研究内容和视角雷同较多，创意稍显不足；(2) 文本讨论局限于文本内部，多为传统的文本分析、情节分析、人物分析等，研究手段和批评理论创新不够；(3) 研究者之间的交流较少，部分文章难以确定是原始研究，还是重复别人的研究；(4) 国内研究和国外

[①] 王晓英："论艾丽丝·沃克短篇小说《日常用品》中的反讽艺术"，《外国文学研究》2005 年第 4 期。

[②]《外婆的日用家当》有时也译作《外婆的日常用品》，简称《日常用品》。

研究没有形成对话，自说自话，存在着国内学术和国外学术之分。

三、新历史主义视野下的批评

如前所述，新历史主义批评的方法随着西方社会科学理论向国内的介绍，逐渐为国内学界所知晓。这些译介不但在专业期刊上频频出现，而且，补充进入高等学府文学批评理论教科书中。从这些理论的译介中，人们认识到文本和历史、作者和文本、作者和历史、批评者和文本、批评者和历史、批评者和作者之间存在的关系比以前想象的要丰富得多。文学批评的目的不仅仅在于阐释文本，还在于促成批评者和文本、历史、作者，以及其他读者之间的多向对话和交流。文学批评的角色也发生多种变化，过去单纯的解释功能依然存在，不过，新历史主义批评的结果在不少情况下不但诠释了文本中所蕴含的意义，还为文本注入了新的含义，为读者反映理论增加了新的纵深维度。

就近年来实践的角度而言，国内新历史主义批评的实证性文学批评运用尚处于"叶公好龙"的境况之中，即人们多从理论上阐释新历史主义批评理念，似乎对其爱之有加。然而，书肆之间以新历史主义批评方法具体施于文学文本的批评之作却难寻其迹。揆之事理，形成这种情况应有如下原因：(1) 文学体裁种类繁多，散文、小说、诗歌、科幻不一而足，新历史主义批评方法未必适用所有文学文本的批评。试观欧美新历史主义批评的实践，似乎都集中于文艺复兴时期的文学研究，而其中又以莎士比亚研究为主。这种情况似乎是一种提示，新历史主义批评更适用于那些与社会和历史有复杂纠葛的文学文本。(2) 新历史主义批评从实践上经常跳出文本，采取外求策略，游走于语境和文本之间，在方法上有时类乎史学中之考据。当新历史主义批评出格太远时，对于习惯于从文本内部发掘蕴藏含义的批评者而言，它就"几乎变为某种宽泛无边的文化研究"①，因而为一些学者所不取。

尽管新历史主义批评的适用范围有着种种局限，而艾丽斯·沃克的

---

① [英]拉曼赛尔登著：《文学批评理论——从柏拉图到现在》，刘象愚、陈用国等译，北京大学出版社 2005 年版，第 1-38 页。

《外婆的日用家当》却是一个新历史主义非常合适的批评对象。虽然《日用家当》的内容是当代人写当代事，但是，由于作者写作中运用了大量的象征、隐喻、反讽等手法，甚至大量的省略和跳跃，使得这篇小说充满了值得回味的地方。加之，故事及其语境牵扯到美国20世纪六七十年代的民权运动、黑人权利运动、妇女解放运动等当代最为扑朔迷离、最为不确定的历史话语，因而，用文本内部细读的方法来阐释故事的含义就显得力度有所不逮。回顾本章对以往《日用家当》研究的综述，好像该说的话都已说尽，该评论的也已经得到译论。然而，反复阅读《日用家当》，似乎尚有一些东西没有说明白，而要说明白这些东西，则宜借助新历史主义批评的方法，对语境和文本的关系进行广泛探讨，否则不能有所发凡。

本书篇首为绪言，绪言对新历史主义在文学批评上的发生和发展进行讨论与定位。欧美论者提到新历史主义必然要将它和旧的历史主义割裂开来，夸大新历史主义与旧历史主义的对立。绪论辨别旧历史主义和新历史主义在实践中的异同，并提出：旧历史主义和新历史主义之间不是一种排斥和对立关系，而是一种发展和延续关系。文学作品反映现实社会，并和作者经历有密不可分的联系，这被认为是旧历史主义的主张。不过，我们至今仍然承认这种主张的有效性。在社会科学理论快速发展的当今，就《日用家当》的研究而言，论者持一种旧历史主义为体、新历史主义为用的研究理念。

本书第一章详述20年来中外学者对《日用家当》的研究概况，读者诸君凭此可以对过去的研究状况有所了解。自20世纪最后一个10年到现在，学者围绕《日用家当》发表评论文章连篇累牍，在诠释文本含义、解释作者用意时多有发现，本章尽力不使这些研究成果埋没。

第二章题为“母亲与女儿间日常生活的批判”。本章提出以往未曾提出的新观点：艾丽斯·沃克《日用家当》书写的本意为对日常生活的批判。本章将小说中母女生活活动的空间分为日常生活空间和非日常生活空间，认为艾丽斯·沃克写母女关系为虚，以批判日常生活为实。在新历史主义方法运用上，论者令小说人物穿行于其他历史文本、文学文本和社会语境之间，合理想象，连接历史片断，既释放历史张力，又解析文本。

第三章重新评论拼花被子与黑人文化遗产的继承。以往评论美国黑人被子遗产的作者从来没有对黑人被子遗产进行过界定。美国黑人遗产在《日用家当》中是一种中心比喻和象征。然而究竟黑人被子为何物,对以往读者都是一种似是而非的东西。本章首次把被子遗产分别定义为政治遗产、民族文化艺术遗产、家庭历史遗产。研究方法上跳出文本,进入历史话语,追寻黑人在利用被子进行反奴役、求解放的可歌可泣的历史传奇。语境中的黑人被子具象和文本中的黑人被子之间不设藩篱,彼此相互注释。黑人被子意象在语境中逐渐清晰,反观文学文本,被子中隐含的意义得到阐释。被子的故事借助文本游走于创作语境与批评语境之间,释放出文本张力。

第四章讨论迪伊的爆炸式发型和其男友的黏结式发型。本章意在诠释头发在语境中作为反抗的政治表述。在方法上从人物文化符号——爆炸发式和黏结发式切入历史语境,令文学文本人物与社会文本人物在对话与行为上流通,为文学文本引出新的含义。《日用家当》中民权运动的连续历史画面通过批评转化为文本意象,使头发式样中隐藏的政治表述意义得到彰显。

第五章诠释迪伊享用美国黑人心灵食品的情节。这一情节包含美国黑人追求文化身份的历史话语。本研究从小说中黑人饮食情节进入历史,探讨美国黑人的历史饮食习俗,以及民权运动中的心灵食品话语。批评者刻意解构心灵食品中的权利话语,从而揭示作者艾丽斯·沃克在猪大肠午餐情节书写中的一念动因。

第六章探讨小说人物政治身份的追求:皈依穆斯林。本章随迪伊男友进入历史,分析伊斯兰国家组织和黑人穆斯林化运动。《日用家当》人物出入历史语境之中,合理解释文本中迪伊和其男友的政治取向,以及作者沃克对历史的看法。

第七章名为"迪伊更改名字的历史解析",具体分析迪伊的更名情节。本章对美国黑人名字更改的历史进行了分析,诠释不同时代美国黑人名字更改的特点:即废奴后黑人名字更改浪潮的核心是与白人求同和求平等,民权运动中黑人名字更改浪潮的核心是与白人求异,即寻找独

29

立文化身份,进一步对迪伊更改名字情节给予动态的解释。

第八章为"迪伊的文化——语言民族主义"。本章从文本中黑人用非洲语言互致问候的情节开始,剖析美国民权运动中泛非主义黑人语言民族主义话语。批评范围涉及民权运动中黑人利用阿拉伯语、乌干达语和斯瓦西里语追求语言身份认同的经历。其间,论者对黑人英语社会话语的解析为《日用家当》提供了解释学意义前阅读经验。本书结语为对全书的总结,并对《日用家当》的进一步研究提出看法。

本书依托新历史主义批评方法对艾丽斯·沃克的短篇小说《日用家当》进行实证性解读,类似作品国内似尚未闻未见。本书经常刻意跳出文本,对小说中的诸多被忽视的情节进行深入的语境探讨和话语分析。在逐一对小说的主题,黑人被子遗产的定义,迪伊的更名情节,迪伊皈依穆斯林情节,心灵食品话语,爆炸和黏结式的政治表述,以及语言民族主义等内容进行诠释中,发前人所未发,提出一些新的见解,希望把《日用家当》的研究推到该领域文艺批评的最前沿,也希望这本书对《日用家当》的教学以及一般读者的阅读有所助益。

第二章　母亲与女儿间日常生活的批判

母女间的自然纽带并不总是产生密切的亲情关系……艾丽斯·沃克《日用家当》中的黑人女儿使自己疏远了妹妹和母亲，她拒绝传统的生活方式，拒绝家庭价值，改换了名字。为了自己的民族，成为民权运动的积极参与者。

——苏珊妮·卡特[①]

已故加州大学伯克利分校黑人女性文学评论家芭芭拉·克里斯蒂安教授 1994 年专门为《日用家当》编辑了一本评论集，其中收入 5 篇与《日用家当》相关的评论文章。克里斯蒂安借用引言的篇幅对《日用家当》作了深入的评论。她指出美国黑人的拼花被子并不仅仅是《日用家当》小说的主题，在沃克其他早期的作品中，被子也占据着很重要的位置。因而，被子遗产是《日用家当》这篇小说所要表现的主题。克里斯蒂安在这本艾丽斯·沃克纪念文集里，与玛丽·海伦·华盛顿(Mary Helen Washington)、莎第斯·戴维斯(Thadious M. Davis)、休斯顿·贝克和莎洛特·贝克(Houston Baker and Charlotte Baker)、马格特·安妮·凯丽(Margot Anne Kelley)、艾莱尼·邵瓦特(Elaine Showalter)等一起，对美国的被子从历史和现状进行了全方位的探讨。克里斯蒂安的这本评论文集很有影响，在美国刮起了一阵被子研究热潮，以黑人被子为话题的各种出版物充斥书肆。黑人拼花被子遗产成了《日用家当》这篇小说确定

[①] Carter, Susanne. *Mothers and Daughters in American Short Fiction*. Westport, CT: Greenwood Press, 1993, p.33.

不移和无可争议的主题，很少有人提出异议。然而本章在对美国民权运动高涨时期的社会和《日用家当》文本的考察中提出，这篇小说的浅层主题应是母女关系研究，而对日常生活的批判则是沃克这篇优秀小说的深层寓意。

一、引领母女关系题材复兴

小说《日用家当》的主题是一个很多研究者感兴趣的问题。不少人认为这个故事的主题写的是黑人被子文化遗产的问题。[①] 的确，在这个故事中作者沃克对黑人被子有非常精致的描写，而且母亲、大女儿迪伊和小女儿麦姬正是在被子遗产上将故事推向高潮。1983 年，沃克因小说《紫色》获美国普利策文学奖，这一荣誉也使《日用家当》得到更广泛的传播，黑人被子遗产成了家喻户晓的故事。在沃克等人文学作品的影响下，黑人被子的遗产地位在现实中逐渐得到确立，成为黑人最引为自豪的事情。于是，当人们再次阅读《日用家当》时，小说的真正主题遂为被子遗产的光芒所遮掩。笔者认为就主题而论，《日用家当》主要是一篇讨论母女关系的作品，而被子文化遗产仅是它的一个情节。换言之，在小说中拼花被子和妈妈的院落、爸爸手工打制的桌子、搅乳器一样都是叙事者用来展开母女关系主题的一系列情节和具象。虽然拼花被子具有深刻的象征意义或中心比喻含义，不过毕竟它在小说中只是在结尾的一个情节中出现的事物。它的出现并不形成贯穿全篇的主题。然而，如果说《日用家当》的主题是关于母女关系，这也是从文字的表面上把握而已。沃克在这篇脍炙人口的短篇中是否还蕴藏着更加深刻的主题思想呢？我们从沃克的母女关系的探讨中，经常发现一种批判精神，这种批判并不是明显的，它只在小说的字里行间闪烁出来。那么这种批判精神究竟指向何处呢？要揭开这些问题的谜底，我们必须从阐释《日用家当》这个题目本身的含义开始。

[①] Farrell, Susan. Fight vs. Flight: A Re-evaluation of Dee in Alice Walker's Everyday Use. *Studies in Short Fiction*, 1998, 35(2): 179-186; Cowart, David. Heritage and Deracination in Walker's Everyday Use. *Studies in Short Fiction*, 1996, 33: 171-184.

　　第二次世界大战以后，欧美重新兴起对"日常生活(Everyday Life)"的研究。亨利·列斐伏尔(Henri Lefebvre)、欧文·戈夫曼(Erving Goffman)、费尔南·布劳岱尔(Fernand Braudel)、艾尔弗雷德·舒茨(Alfred Schutz)、阿格尼丝·赫勒(Agnes Heller)等都从不同的角度试图在"日常生活"和抽象哲学理论之间搭起一座桥梁。[①] 他们对"日常生活"的研究对美国学界产生了广泛的影响。因而，笔者认为艾丽斯·沃克选用"Everyday Use"一词作为小说的题目时，其灵感亦当来自上个世纪 70 年代"日常生活"研究的活跃。而当我们把沃克的母女关系讨论置于 20 世纪 70 年代日常生活的话语中理解的话，我们能够体会到《日用家当》的批判对象正是以母亲和妹妹为代表的美国黑人民众的日常生活。

　　从过去的研究成果看，无论中外人们都极少把《日用家当》中的母女关系作为这篇小说的主题展开研究。而其中若干专门研究，虽专取母亲作为人物论说对象，但是这些研究几乎毫不例外将母亲作为一种伟大人物进行讴歌。这种情绪化的讴歌对赞扬母亲的伟大、提高社会道德水平或有所助益，而对揭示小说的主题却不能产生帮助。以下让我们从美国 20 世纪末母女关系小说复兴的整体经验中对《日用家当》的主题意义进行确认，并从日常生活二元对立的角度分析作品中母女关系疏远产生的根源。

　　对《日用家当》中母女关系主题的探讨应该从 20 世纪末美国小说中母女关系题材的整体经验来把握。20 世纪七八十年代，美国文艺界经历了女性作家母女关系题材小说的复兴。1976 年，美国诗人兼文艺批评家艾德里安娜·里奇(Adrienne Rich)在其经典著作《妇女所生》中将刚出现的少数女性关系作品称为等待界定和分析的"没有写出的伟大故事"。[②] 此时，这些少数的女性关系作品中就包括艾丽斯·沃克的《日用家当》。在以后短短 20 年间，美国各族裔女性作家提供了数以百计的

---

① 亨利·列斐伏尔(Henri Lefebvre, 1901—1991)著有《日常生活批判》(1947)；美国社会学家欧文·戈夫曼(Erving Goffman, 1922—1982)著有《日常生活中的自我表现》(1956)；法国著名史学家费尔南·布劳岱尔(Fernand Braudel, 1902—1985)著有 *The Structures of Everyday Life* (1967).

② Rich, Adrienne. *Of Woman Born: Motherhood as Experience and Institution*. New York, NY: W. W. Norton and Company, 1976, p.225.

母女关系题材的文学作品。1993 年，在其专著《美国短篇小说中的母女关系》中，苏珊妮·卡特(Susanne Carter)对美国 20 世纪末 249 种、193 位作家的母女关系题材小说进行了界定和分析，把文学想象中的母女关系归纳为六种理论模式。[①] 这些模式对理解《日用家当》在母女关系作品中的定位有一定的启迪作用。第一，在苏珊妮的分类中虐待和忽略(abuse and neglect)是母女关系题材中反复出现的模式。母女之间的天然联结并不总是产生亲情。一些女性初为人母时并没有做好承担母亲责任的准备。她们之所以成为母亲是由于早恋、强奸、乱伦等偶然事件。她们不愿意接受母亲这样一个事实，从心理上更排斥女儿，经常造成对女儿身心的虐待和忽略。第二，衰老(aging)和养老责任也是母女关系作品的常见主题。母亲对女儿的权利是天赋的。随着母亲的衰老和女儿成年，母女的权利关系必然会向相反的方向变化，母亲和成年女儿之间的冲突随之而来。此外，这个主题中还包括对衰老母亲照顾的责任问题。在此，母女关系的亲疏充满着变数，反映着人性的善恶和世态之炎凉。第三，很多作品的主题表现的是母女关系的疏远或异化(alienation)。母女关系经常被难以解决的矛盾所困扰。在不少情况下，母女相处一室，却终日无一句话可说。母女对待婚礼程序、民权运动、物质享受、家庭价值、同性恋等事物的不同认识和态度，均可能产生母女异化。第四，母亲的死亡(death)是母女关系中的重要时刻。母亲临终前或女儿丧母后，母女关系都会出现意想不到的变化。第五，左右母女关系的主题还有期望(expectation)和养育(nurturing)。母女之间是否能够达到相互的期望和对待母亲的养育之恩是一个传统主题。这个主题继续在一些作品中得到突出的反映。第六，苏珊妮把一些难以归类的若干描写母女关系的小说划入肖像(portrait)类。苏珊妮在对母女关系小说进行梳理并试图理论化的过程中，明确地把《日用家当》归类为母女关系作品，并把它定位为疏远或异化模式。而这个定位正是我们在下边要提出异议，并加以讨论的。

较早对黑人母女关系作品作专门研究的有格洛丽亚·约瑟夫(Gloria Joseph)。1986 年她在《黑人女性主义和白人女性主义视角的

[①] Carter, Susanne. *Mothers and Daughters in American Short Fiction*. Westport, CT: Greenwood Press, 1993, pp. 3-190.

冲突》中主张理解黑人母女关系不能避开种族问题，也不能完全沿用白人母女关系的模式，更不能忽略黑人妇女自有的历史文化经验。她特别主张研究黑人母亲和女儿时要注重家庭结构等其他问题。格洛丽亚在讨论中特意把沃克列为母女关系作家。① 1991 年，帕崔夏·贝尔斯哥特(Patricia Bell-Scott)汇集了 47 位黑人妇女作家探讨母女关系的各类作品为一编。这本题名为《双线缝纫：黑人妇女作家笔下的母亲和女儿》的作品集虽然重点放在母女关系上，但是对姊妹、朋友、同事和情人关系也给予了相当的关注，表现出黑人批评界对黑人母女关系特点的理解。② 《双线缝纫》收录了《日用家当》这篇小说，再次确定沃克的这篇小说是以母女关系为主题的。2001 年卡罗林那·罗蒂(Caroline Rody)出版评论集《女儿的回归：黑人和加勒比妇女的历史小说》。这是对 20 世纪末黑人母女关系文艺作品的总括之作。其中若干议论虽非完全针对《日用家当》而发，但用以注释《日用家当》在这一时期女性关系作品中的地位却是非常合适的。第一，20 世纪 70 年代末开始黑人女儿以一系列不同的角色出现在众多现代黑人妇女作家的作品之中。这个女儿不是美国黑人文化中传统的人物。她是一个求新的形象，是一个严肃、专注而强大的黑人姑娘。这样一个女儿以前从来没有出现过。她现在用追求自己的复兴来补救过去的缺席。这个年轻的黑人女性形象的回归成为美国黑人妇女"复兴"的精神化身。第二，这个美国黑人妇女复兴出现在 20 世纪 70 年代，但却与黑人妇女 60 年代的觉醒相互联系。它是民权运动、黑人权利运动和妇女解放运动中"革命中之革命"。这个复兴渗入到文学领域，并在美国文化和公共生活中留下深刻的印记。第三，这些女儿出入于历史题材小说中。黑人妇女作家已经明白，以前历史小说总是在给定的大写历史当中进行书写，而现在作为文化权利的群体，她们产生了用文学重塑历史的欲望。由于她们的写作，历史将不再是独家历史。按照托妮·莫里森的话来说"历史会比将来变得更加不确切"。第四，1970 年以前，除了格温多林·布鲁克斯(Gwendolyn

---

① Joseph, Gloria I. & Jill Lewis. *Common Differences: Conflicts in Black and White Feminist Perspectives*. Boston, MA: South End Press, 1986, pp.75-81.
② Bell-Scott, Patricia. *Double Stitch: Black Women Write about Mothers and Daughters*. Boston, MA: Beacon Press, 1991, pp.1-10.

Brooks)、玛格丽特·沃克(Margaret Walker)和洛琳·汉司白瑞(Lorraine Hansberry)之外，美国知名黑人女性作家不多。但是，这一年托妮·莫里森的《最蓝色的眼睛》、艾丽斯·沃克的《格兰奇·科普兰的第三次生命》和玛娅·安吉鲁(Maya Angelou)的《我知道为什么笼中的鸟儿会歌唱》同时出版，开启黑人妇女的写作热潮。在接下来的十多年中，黑人妇女作家母女关系作品源源不断地出现，引起公众的注意，甚至成了一种出版现象。它一直延续到托妮·莫里森的《宠儿》(1987)、泰瑞·马克米兰(Terry Macmillan)的《妈妈》(1987)、格洛丽亚·内勒的《母亲节》和夏洛特·沃特森·舍曼(Charlotte Watson Sherman)的《黑色身体》(1993)及以母女关系为主要内容的另外十几种作品的出版。[①] 要言之，美国的文学从来没有像 20 世纪末的母女关系作品那样解构和重塑了美国的文学和历史。而正是《日用家当》等先驱作品的发表才促进了女性写作话语的形成。在以往的文学和历史的叙事中女性只是作为丈夫的妻子、儿子的母亲、父亲的女儿、男人的情人出现在男权话语的作品中。女性因男性的"他者"而有意义。而在《日用家当》中我们看不到兄弟和父亲的踪影，迪伊的男友也仅仅是一种打诨的衬托。自此以后，在纷至沓来的女性关系作品中，男性的缺失逐渐成为时尚。作为母女关系作品，《日用家当》在这个复兴运动中占据着开创者和领跑者的历史地位。

二、母女之间的日常生活和非日常生活

苏珊妮把《日用家当》中的母女关系归入疏远和异化模式。然而用这种模式对小说中错综复杂的冲突进行单一因果关系分析却显得十分乏力。细读《日用家当》，我们发现母亲和女儿迪伊之间的冲突并非为被子遗产所引发。她们之间的冲突是多方面的。在笔者看来《日用家当》中母女间的冲突应该从美国 20 世纪中期现代性日常生活和非日常生活二元对立的角度进行审视。惟其如此，小说中的冲突能够得到更好的说明。日常生活理论本为马克思主义关于个体再生产理论之余脉。法国思

---

① Rody, Caroline. *The Daughter's Return: African-American and Caribbean Women's Fictions of History*. New York, NY: Oxford University Press, 2001, pp.1-50.

想家亨利·列斐伏尔(Henri Lefebvre, 1901—1991)潜心研究 30 年，先后出版三卷《日常生活批判》，被公认为日常生活批判理论之父。近年来，西方学界对日常生活的讨论活跃，人们对日常生活的定义及内容纷争很大。在对《日用家当》的讨论中，笔者把母女生活的家庭和学校分割为日常生活空间和非日常生活空间。按照列斐伏尔的体系，这样做也许并不十分妥帖，因为在列斐伏尔那里日常生活是一切社会活动的基础，它无处不在。以此推之，即便女儿迪伊是生活在民权运动中充满意识形态纷争的学校里，日常生活也伴随着她。不过本文倾向于采纳阿格妮丝·赫勒(Agnes Heller)在《日常生活》和本·海默尔(Ben Highmore)在《日常生活和文化理论》中表述的关于日常生活空间的概念。在赫勒和海默尔看来，家庭无疑是日常生活发生的重要场所，而政治、科学、艺术和哲学活动都发生在远离日常生活的领域。

　　在《日用家当》的故事里，母亲和小女儿麦姬过着悠闲而传统的日常生活。从它的题目(*Everyday Use for Your grandmamma*)和内容中，我们可以读出作者沃克的创作本意是在书写一种与"妇女传统家庭相联系的私人的"日常生活(everyday life)。[①] 从《日用家当》的背景中我们可以确定如下一些日常生活特征：第一，它是现代生活中单调和重复的日常生活。在小说中，母亲的日常生活就是看电视，使用手工和缝纫机进行缝纫。星期天则到教堂里参加活动。这种日常生活状况具有与现代性共生的"单调和无聊"。[②] 第二，它是现代社会中的传统日常生活。母亲用扫帚打扫庭院。家里饮食还带有种植园时代的痕迹：猪大肠、羽衣甘蓝、玉米面包和红薯。母亲食用自家奶牛生产的乳制品。虽然母亲已经知道现代汽车等交通工具的便利，但是她从未出过远门。母亲最远的出行是步行一英里半到附近的农场目睹黑人农民端枪戒备白人的情景。母亲从电视片中知道有个外部世界，不过村庄以外的世界对她来说大都只能是"想象的社区"。[③] 这种情况很符合日常生活的边界

37

[①] Highmore, Ben. *Everyday Life and Cultural Theory: An Introduction.* London and New York: Routledge, 2002, p.12.

[②] Ibid, p.6.

[③] Anderson, Benedict. *Imagined Communities: Reflections on the Origin and Spread of Nationalism.* London and New York: Verso, 1991, pp.1-9.

定义：对于一个终生从未离开过村庄的村民而言，村庄就是日常生活的边界。① 第三，它是一个女性的日常生活空间。它的主角是母亲和两个女儿。故事中的主要情节围绕着母系传统展开。迪伊的名字和故事的主要道具拼花被子以及它的缝纫技巧都是从女性祖先中传递下来的。第四，这种日常生活的思维具有经济性和实用性。母亲的一切活动都与实用和家庭经济相关。她有粗壮的手，可以干男人的力气活。她肥胖的身体可以抵御冬天的寒冷。她自己屠宰生猪，并且可以把冒着热气的猪肝在火上烤着吃。她缝制拼花被子不是为了美，而是从节省的角度对旧衣物再利用。她已经有了缝纫机，但是她还是教会了麦姬怎样手工缝制被子。因为在她的思维中，手工缝纫是妇女应该掌握的必要生活技能。母亲日常生活的目的就是获得足够的食品和衣物使生活延续下去。她心中比较重要的一件事就是为小女儿的出嫁做准备，亦即维持人的再生产。此外，她的生活和思维中缺乏新意，缺少审美和浪漫情趣。这一切都使母亲的生活符合"使社会再生产成为可能的个体再生产要素的集合"的日常生活定义。②

《日用家当》中的大女儿迪伊是以正在接受高等教育的学生身份出现的。 从政治学的角度来看，高等教育属于"男权社会公共空间"的非日常生活范围。③ 对迪伊在 20 世纪 60 年代中期的高校和社会上的活动，作者沃克没有给予具体描写。但是我们从作者同一时期的其他作品里却可以看到迪伊在学校的身影。在这里我们不得不跳进另一个语境文本之中。在沃克笔下高校里同一个时期的黑人女孩正在狂热地卷入波澜壮阔的民权运动和"革命中之革命"的妇女运动。在萨克逊(Saxon)女子学院为了反抗学校当局把她们按照白人的标准培养成真正的淑女，黑人女学生整夜地进行示威游行，组织向政府请愿的和平进军，高唱"我们一定胜利"的歌曲，并在街头与警察对峙。④ 1967 年，哈罗得·克

---

① [匈]阿格尼丝·赫勒著：《日常生活》，衣俊卿译，重庆出版社 1990 年版，第 256 页。
② 同上，第 4 页。
③ Highmore, Ben. *Everyday Life and Cultural Theory: An Introduction*. London and New York: Routledge, 2002, p.12.
④ Walker, Alice. *Meridian*. New York and London: Harcourt, 1976, p.38.

鲁斯(Harold Cruse)在《黑人知识分子的危机》中告诫黑人"没有一个黑人文化制度的发展,黑人运动不可能取得进步",从而推进了汹涌澎湃的黑人文化制度的重建运动。① 从《日用家当》的情节中我们知道,迪伊对黑人文化制度的重建特别关注。她亲身探索着从服装、发式、语言、名字、宗教到饮食和艺术等各个方面对文化身份的追求。在服装和发式上,黑人曾经受过种植园主严格的控制。在废奴之后的200多年里,黑人曾努力追求和发展着自己的服装和发式风格。② 现在民权运动又激起新的服装和发式变换的潮流。非洲长袍成了黑人女性民运活跃分子将自己与白人区别开来的象征。在现实中作者艾丽斯·沃克本人曾积极参与民权运动,而且为拥有肯尼亚长袍和乌干达长袍而自豪。在作者和小说人物关系上,不少研究者指出《日用家当》中的迪伊正是作者的自我写照。美国黑人的发式变换体现了黑人运动价值取向的变化。在20世纪二三十年代,黑人妇女倾向于将自然卷曲的头发拉直(conk)。她们认为这样做不仅美观,也能表现出民族的骄傲。而在民权运动期间,拉直的头发开始遭到部分黑人的强烈反对。美国极左穆斯林黑人组织"伊斯兰国家组织"便始终拒绝直发,认为它代表白人的审美标准,主张黑人蓄天然曲发。于是直发还是曲发成了争论的焦点。1962年到1968年之间,非洲爆炸发式(The Afro)出现在女性民运积极分子当中,成为一种广泛认可的另一种民族自豪象征和时兴的发式选择。③ 在民权运动中,黑人语言民族主义激情也在挑战着英语语言的唯一性。阿拉伯语、斯瓦西里语、乌干达语和其他一些非洲语言中的简单问候语在黑人社区流行并成为时尚。民运积极分子热衷于举办非洲语言学习班。将非洲语言列入社区学校语言课程成为争取平等权利的重要内容。④ 在民权运动中,黑人的名字也成为改革对象,因为黑人的名字在历史上经受了太

---

① Craig, Maxine Leeds. *Ain't I a Beauty Queen?* New York, NY: Oxford University Press, 2002, p.16.
② White, Shane & Graham White. *Stylin': African American Expressive Culture from Its Beginnings to the Zoot Suit*. Ithaca, NY: Cornell University Press, 1998, p.4.
③ Craig, Maxine Leeds. *Mothers and Daughters in American Short Fiction*. Westport, CT: Greenwood Press, 1993, p.153.
④ Farber, David. *The Sixties: From Memory to History*. Chapel Hill, NC: University of North Carolina Press, 1994, p.125.

多的屈辱。先是，黑人的集体名字经历了黑鬼、黑人、有色人种、非裔美国人等一系列的变化。黑人个体名字的改变也经历了向白人求同到追求独立文化身份的变迁。著名的民权运动领袖马尔科姆·X、拳王阿里、著名诗人勒鲁伊·琼斯都为去掉奴隶制的痕迹而更改了自己的名字。更名的风气遍及南北黑人社区。基督教曾经是美国黑人几乎唯一的信仰归宿。从伊斯兰国家组织20世纪30年代出现起，黑人穆斯林化就在美国蔓延开来。而在马尔科姆·X加入伊斯兰国家组织并以杰出的口才向黑人传播其政治理念以来，大量的黑人皈依了伊斯兰教。[①]在饮食上，过去南方的奴隶主把不愿意吃的猪下水扔给黑人，逐渐形成黑人饮食中对猪内脏的偏好。现在民权运动激发了黑人对自己传统食品的热情。他们倡导这种食品，称其为"心灵食品"，为黑人文化张目。但是，反对的声音表示所谓"心灵食品"并不是什么光彩的事情。它让人们联想起奴隶制的耻辱，而且所谓的心灵食品含有太多的动物脂肪，对健康不利，理应放弃。伊斯兰国家组织领袖伊利亚·穆罕默德多次发表讲话，号召黑人放弃心灵食品。尽管这种被称为"心灵食品"的饮食形式颇受争议，争取平等权利的黑人大学生们仍然要求学校当局把"心灵食品"列入食谱之中。[②]而马丁·路德·金等黑人民运领袖们则经常积聚在亚特兰大的"心灵食品"饭店里筹划示威游行活动。[③]在艺术领域，最新的趋势则是人们忽然把艺术的目光投向了黑人被子。作为艺术收藏品，以往只有白人的被子在美国各地博物馆里占据一席之地。而现在从耶鲁大学到纽约工匠博物馆，黑人的日常被子到处被当做艺术品进行着专场展出。黑人被子背后隐藏的悲壮的传奇故事到处被人谈论。那些从南方乡下收集来的色彩反差极强、针脚极粗、用各种旧布料杂乱拼凑起来的黑人手工缝制的被子一下子成了真正震撼人心的艺术品。[④]

[①] Perry, Bruce. *Malcolm: The Life of the Man Who Changed Black America*. New York, NY: Station Hill Press, 1991, p.122.

[②] Witt, Doris. *Black Hunger: Food and the Politics of US Identity*. New York, NY: Oxford University Press, 1999, p.82.

[③] Younge, Gary. Civil Rights Kitchen Serves Last Supper. *The Guardian* (London: Guardian Foreign Pages), 2003-08-04.

[④] Dobard, Raymond. Knowing Hands: Binding Heritage in African American Quilts. *The New Crisis*, 2001 (Nov./Dec.): 1-5.

与母亲所处的宁静而单调的日常生活环境相比,迪伊在更广阔的社会活动空间经历的变化令人眼花缭乱。在这样的空间里,迪伊的生活不再局限于实用和经济的诉求。即便她的活动与吃饭穿衣、头发式样相联系,但这些已经超越了果腹御寒和日常理容的意义。在迪伊的思维里,这一切已经和政治、民族以及审美意念联系在一起了。

三、日常生活和外部世界的冲突

迪伊作为女儿从多变的非日常生活的外部世界回到了家,她与母亲的冲突接踵而来。我们不能否认母亲和女儿的性格因素曾影响着这对母女之间的正常关系。迪伊秉性倔强,蔑视一切权威。她可以一连好几分钟不眨眼地死瞪着你,向母亲索取东西时不达目的不罢休。母亲年轻时也曾经是意志坚强的女性。母亲在迪伊离开家之前就显现出与她疏远。比如,迪伊少年初恋,母亲并没有给予应有的指导。迪伊和麦姬都为母亲阅读过书,但母亲对姐妹俩阅读的评价截然不同。但是就《日用家当》中母女关系冲突的主要情节而论,疏远是源自日常生活和非日常生活之间的冲突,而性格因素或拼花被子造成的冲突则占据次要地位。

《日用家当》是以母亲叙事的形式来书写母女关系的。读者在分析其中母女关系的冲突时要超越母亲赋予文本的日常生活思维导向。迪伊回家后由日常生活和非日常生活间的冲突引起的母女关系疏远可以从六个方面认定。第一,母亲不习惯迪伊的衣着和发式。在母亲眼里,迪伊为追求独立的种族文化身份而穿的非洲长袍虽然好看,但特别刺眼。母亲不理解在大热天里,女儿为什么穿着一件拖地长裙,而且裙子的颜色也花哨得耀眼。母亲感到"整个脸颊都被它射出的热浪烫得热烘烘的"。母亲看到迪伊的"头发像羊毛一样挺得直直的"。她不懂迪伊的发式正是那种民权运动积极分子发明的非洲爆炸式。母亲更不懂迪伊男友"像一只卷毛的骡子尾巴"[①]的发式,即黏结式(deadlock)它与爆炸式(Afro)一样都是利用身体表示反抗的政治表述。母亲利用妹妹麦姬发出

① 张汉熙:《高级英语》(第一册),外语教学与研究出版社 1995 年版,第 53-65 页。

41

的"呃"声表示自己的不习惯。第二,母亲对女儿使用具有语言民族主义象征意义的乌干达问候语感到茫然。迪伊使用乌干达问候语"瓦-苏-左-提-诺(早上好)"和她男友使用阿拉伯问候语"阿萨拉马拉吉姆(宁静与你同在)"与母亲沟通是徒劳的。在母亲的日常生活中根本不存在这样反抗英语和追求独立语言身份的词句。第三,母亲对迪伊更改名字感到不满。迪伊告诉母亲她因为"无法忍受那些压迫我的人给取的名字"已经改名为"万杰罗·李万里卡·克曼乔"了。[①] 母亲对这种改变表面接受,可是当她对迪伊失去忍耐后,脱口称迪伊为"万杰罗小姐"时,母亲的不满还是在名字上表现了出来。第四,母亲对女儿穆斯林化的倾向不置可否。迪伊带着穆斯林男友回家是作者艾丽斯·沃克精心安排的情节,意在表明在宗教取向上,迪伊已经背离了母亲的宗教信仰。母亲曾不止一次地强调自己与教堂的密切关系。她曾经从教堂为迪伊筹集学费。并且,教堂是母亲在麦姬出嫁之后她唯一的精神寄托。迪伊对基督教的背叛不能不引起母亲的愤懑。第五,迪伊对心灵食品的热衷出乎母亲的意料。迪伊的男友拒绝了母亲精心准备的心灵食品,这足以引起母亲的不快。而迪伊对心灵食品表现出格外的热情,也足以使母亲感到意外。母亲想象不到,当迪伊谈笑风生地吃着猪大肠、玉米、羽衣甘蓝和红薯时,她是陶醉在自己民族文化的自豪感当中。第六,母女之间在拼花被子上的歧见突出代表着两种思维方式的区别。在母亲看来,被子是使用物件,其功能就是取暖。母亲的日常思维方式不会想到它的美学价值,更不会考虑到遗产的问题。而在迪伊看来黑人的被子是一种遗产。它应该作为艺术品挂起来欣赏。它的内在美学价值只有在非日常生活的公共空间领域才能显现出来。

从以上六个方面的讨论中我们可以看出,《日用家当》中母女关系的不睦主要是日常生活对非日常生活缺乏兼容性的结果。此外,一些看似不经意的描写,在日常生活二元对立的视角中也显现出特殊含义。比如,作者曾在小说结尾处安排了一个母亲和小女儿使用含烟(checkerberry snuff,鹿蹄草牌含烟)的情节。这个情节曾被有的教学参

---

① 张汉熙:《高级英语》(第一册),外语教学与研究出版社 1995 年版,第 53-65 页。

考书误译成母亲和小女儿在享用草莓汁。① 这种误译很影响读者对作品的理解。在美国，含烟是一种烟草使用的方式。使用时将一撮烟草放入舌下、腮间或唇齿间，靠口腔肌肉吸收烟草中尼古丁达到使用目的。20 世纪早期含烟多在美国乡村地区流行。它常引起口腔疾病，后逐渐为纸烟所取代。含烟这个情节寓意很明确，它表示母亲的日常生活还具有相当的落后性。母亲在给妹妹麦姬留下被子遗产的同时，也留下了含烟这种不健康的遗产。如果，含烟翻译成了草莓汁，其中所包含的母亲生活方式落后的意义，就会荡然无存。这非常影响汉语读者对故事的理解。其实，迪伊对于她和母亲之间矛盾的性质有比较清醒的看法。她告诫妹妹麦姬：我们已经是处在一个新时代了，不能再过"你和妈妈现在仍然过着的那种生活"了②。迪伊指的那种生活就是带有惰性的日常生活。

43

小说《日用家当》以母女关系为主题开启了 20 世纪末的女性关系写作热潮。由于母亲长期处于日常生活状况，她的思维带有明显实用主义和物质主义的特点。而女儿迪伊身处 20 世纪 60 年代黑人争取平等权利的政治风暴中心，她的思维经常超越日常生活，而徜徉在政治、艺术甚至哲学范围之中。母亲的日常生活由于迪伊的到来而发生波动，又由于迪伊的离开恢复了宁静。艾丽斯·沃克要告诉我们的是母亲和大女儿之间的疏远源自她们的日常生活和非日常生活的差异。至此，我们可以对《日用家当》的主题结构作出这样的评判。艾丽斯·沃克在《日用家当》中利用妈妈、女儿迪伊和麦姬对美国黑人的文化遗产的不同态度，展开了一个黑人家庭在 20 世纪 60 年代民权运动的动荡的社会背景下母女关系的讨论。在这个母女关系的讨论主题中，作者沃克暗寓了另外一个主题，即对妈妈和妹妹为代表的一些远离社会进步的美国黑人日常生活的批判。

---

① 张鑫友：《高级英语学习指南》(修订本·第一册)，湖北人民出版社 2000 年版，第 65 页。
② 张汉熙：《高级英语》(第一册)，外语教学与研究出版社 1995 年版，第 53-65 页。

44

第三章　拼花被子：美国黑人的文化遗产

> 　　在这部作品和在《在母亲花园中寻觅》中沃克第一次清晰地提出拼花被子的象征。被子代表着美国黑人从母亲那里继承下来的创造性的遗产。
>
> 　　　　　　　　　　——芭芭拉·克里斯蒂安[1]

　　在《日用家当》中，故事在迪伊想拿走两条手工缝制的拼花被子而为母亲所阻止这一情节达到高潮。以往读者阅读到此时，都会产生一种莫名的正义得到伸张的感觉。但是如果我们意识到这个短篇小说其实是一篇反讽，读者的那种正义得到伸张的感觉可能就会淡然消释。正如前章分析，《日用家当》的本意在于对日常生活的批判，在这个批判中，作者是不同意母亲带有惰性的实用主义生活方式的，因而作者在表面上赞扬的可能就是她所要批评的。但是，读者很容易陷入母亲的道德境界，因为《日用家当》的叙事者正是作者所要批判的母亲。读者一旦从母亲的道德标准中脱离出来，并且考察了被子究竟是一种什么样的遗产，那么谁应该是被子的继承者自然会变得明朗起来。

---

[1] Christian, Barbara T. *Everyday Use by Alice Walker*. New Brunswick, NJ: Rutgers University Press, 1994, p.1.

一、作为艺术遗产的美国黑人被子

拼花被子在小说《日用家当》中象征着美国黑人民族文化的遗产，它的中心隐喻地位一直为研究者所承认。然而，在这个遗产的继承问题上，以往却存在着不同的看法。很多读者认为小说的主题表现了大女儿迪伊(Dee)对被子遗产理解的肤浅，小女儿麦姬(Maggie)则对遗产表现出深刻的理解，应该继承这个遗产。[①] 笔者对《日用家当》中黑人被子遗产的社会语境进行分析后提出不同的看法。尽管过去一些研究都注意到美国黑人的拼花被子可以与黑人音乐、体育、说唱艺术、街头舞蹈等并列，成为黑人对美国社会文化的又一大贡献，但是究竟美国黑人的被子是怎样一种遗产却没有得到应有的剖析。其实，进入美国历史，或者说进入《日用家当》的语境稍事研究，我们就有理由将美国黑人的被子遗产分别理解为政治遗产、艺术遗产和家庭历史遗产。从读者的角度再对小说中主要人物姐姐迪伊和妹妹麦姬的性格、能力、资质进行分析，就不难得出这样一个结论，小女儿麦姬所能够承传的只是黑人被子的家庭历史遗产部分；黑人被子遗产的主要部分，政治遗产和艺术遗产，则应由大女儿迪伊来继承。以下就被子遗产的定义和遗产的继承作出阐释。

美国黑人被子作为美国艺术的组成部分在 20 世纪后半期确定了其地位。被子作为艺术收藏品在美国有相当长的历史传统。美国东部诸州博物馆长期以来都收藏有手工缝制的拼花被子。它们是白人妇女对美洲新大陆开发作出贡献的历史见证。例如，位于美国东北部的佛蒙特州舍尔本(Shelburne)博物馆就收藏有 400 多条白人妇女 19 世纪缝制的被子。它们讲述着美国白人妇女以往的欢乐和艰辛。又如，美国俄亥俄、宾夕法尼亚和印第安纳等州聚居着 18 世纪欧洲移民来的阿米西人(Amish)。由于他们特有的简朴生活在他们缝制的被子上可以反映出来，因而，他们的被子成为好事者收藏的对象。至少在 20 世纪 60 年代，我们可以找到被子收藏者收集阿米西人被子作为艺术品的记录。在 2005 年的《衣

---

① 张鑫友：《高级英语学习指南》(修订本·第一册)，湖北人民出版社 2000 年版，第 73-74 页。

料与织物研究》这份期刊上，曾经登载过一则阿米西人回忆收藏者向她收集被子的情景："有一次有人从东边来敲我们的门。这事发生在 60 年代。他问我们是否有旧被子出售。那时我们的日子不好过，所以我卖给他三条旧被子。它们不过是些旧被子，我真不明白他要这些被子干什么。如果我没记错，每条被子，他给了我 50 美元。这太多了，不过，他坚持要给这么多。"[①] 可以肯定阿米西人的被子是作为艺术品被收藏的。它们不是进入博物馆，就是进入私人的收藏空间。不过，美国黑人的被子却没有这么幸运，长期以来，黑人的被子由于拼花不规整，面料粗糙，色彩不协调，一直被拒绝在艺术殿堂之外。

可能是由于黑人文化运动所传播的"黑就是美"的影响，20 世纪 70 年代耶鲁大学艺术馆和其他艺术单位相继专题展出黑人被子，人们忽然认识到美国黑人被子别具风格，有一种强烈的震撼力和独特的美感。在设计方面，黑人被子的被面经常采用条形布块相互拼接。在制作时存在着随意性和不对称性。这种做法被有的研究者称为"如同爵士乐的创作那样即席发挥"[②]。美国黑人在一条被子上经常使用包括从粗布斜纹到毛料，从合成纤维到棉布的多种不同质地的纺织材料。缝制技术上，其针脚疏阔、粗放而明快。在色彩上，颜色反差大的布块经常拼制在一起，形成斑驳陆离的奇特的视觉组合。[③] 研究者认识到，除了日用以外，美国黑人被子色彩丰富，表明它们并不是仅仅为了日用，它们也用于壁挂。在 20 世纪末，美国黑人被子的这种特殊的工艺，已经因其独特的感染力被普遍作为艺术品接受下来。它们成为美国黑人，尤其是美国黑人妇女对美国民间艺术的重大贡献。[④]

美国黑人被子在成就其名望之时，其艺术的审美观也在非洲大陆寻找到了他们的根源。有学者注意到条形布块的拼接方法反映了非洲织品

[①] Jana, M. Hawley. The Commercialization of Old Order Amish Quilts: Enduring and Changing Culture Meanings. *Clothing & Textiles Research Journal*, 2005, 23: 102-114.

[②] Dobard, Raymond. Knowing Hands: Binding Heritage in African American Quilts. *The New Crisis*, 2001 (Nov./Dec.): 1-5.

[③] Tobin, Jacqueline. The Fabric of Our Heritage. *American Visions*, 2000: 16-21.

[④] Benberry, Cuesta. The Threads of African-American Quilters are Woven into History. *American Visions*, 1994, 8(6): 14-18.

的一些特点。也有被子研究学者把带有鲸鱼图案的黑人被子和非洲贝宁丰族的巨鱼旗进行比较，认为它们是同源的。此外，研究者还发现非洲妇女穿针引线的方式与美国黑人被子的针法有相同之处。总之，近几十年的研究显示，黑人被子美学根源有相当一部分来自非洲的传统。

但是黑人被子的艺术成就大部分是美国本土文化熏染的结果。在美国早期历史上，美国黑人妇女创作的被子，有一部分是为了自用，另一部分则是为她们的白人主人缝制的。即便在废奴之后，黑人妇女仍经常为白人佣工。在为白人缝制被子过程中，黑人的缝制风格必然受到白人风格的制约和影响。例如，美国黑人妇女多塞乐·约翰逊(Docella Johnson, 一1920)生前为白人家庭做厨子和管家。有一次，多塞乐·约翰逊与主人家达成一个协议。主人家提供两条被子的材料由多塞乐缝制。主人家收回一条被子，另一条留给多塞乐·约翰逊作为报偿。这种情况下，被子的图案和色彩是白人主人预先已经确定的。此外，波士顿美术博物馆和美国华盛顿历史工匠博物馆中收藏着佐治亚州前黑人女奴哈里特(Harriet Powers)在 19 世纪末，创作的两条将圣经事件贴在被子的拼块上的连续叙事的被子。这两条被子是欧洲影响的典范。① 在《日用家当》里艾丽斯·沃克特意指明那两条黑人被子的"其中一条绘的是单星图案，另一条是踏遍群山图案"②。我们对踏遍群山图案的设计不太了解，但单星图案则完全是欧洲传统的图案。在这里艾丽斯·沃克对被子的潜在定义应该是清晰的。美国黑人被子作为艺术遗产，其中大部分应是美国经验的产物。

二、作为政治遗产的美国黑人被子

美国黑人被子也是黑人的一种值得骄傲的政治遗产。1998 年，丹佛大学教授捷克兰·陶彬(Jacqueline Tobin)根据黑人被子创作者欧泽拉·威廉姆斯(Ozella Williams)的口述历史出版了其专著《隐藏在图案

---

① Dobard, Raymond. Knowing Hands: Binding Heritage in African American Quilts. *The New Crisis*, 2001 (Nov./Dec.): 1-5.
② 张汉熙:《高级英语》(第一册)，外语教学与研究出版社 1995 年版，第 65 页。

里:被子的秘密故事和地下铁路》。这本书讲述了黑人奴隶在内战前利用被子的帮助,通过地下铁路实现逃亡的故事。内战前黑奴不识字,也不便公开交流逃亡计划,晾晒在种植园房屋附近的拼花被子成为向准备逃出的奴隶传递消息的工具。常见的一些被子图案是变形猴子、星星、熊迹、车轮、路口等,其隐藏的密码的意思只有黑人才能看懂。在一定的组合下这些图案可以表示:变形猴子向星星方向旋转马车轮子,沿着熊的足迹,通往十字路口。黑人被子的针法和绳线的结法也包含着秘密信息。它们能够表示地图线路和到达安全房屋的距离。[①] 这本书一经出版,就受到了很多美国黑人的热情欢迎。因为它表明美国黑人的祖先既不是被动地接受奴隶制度,也不是平静地等待地下铁路的陌生人的善意拯救。他们是充满智慧的人,他们积极聪明地采取行动寻求自己的自由。黑人被子后面隐藏了美国历史上的英勇事迹,是南方奴隶求解放的工具,是表现美国黑人反抗压迫的政治象征。在《隐藏在图案里:被子的秘密故事和地下铁路》出版后的几年里,美国社会与公众并没有过多地去苛求故事的真实性。在历史主观主义盛行的美国,历史的客观真实性一向就不被人们理会。美国社会从教育界、出版界、妇女团体和艺术机构都事实上接受了这样一个由美国黑奴、地下铁路和拼花被子演绎的历史传奇。这个故事以及这个故事所辐射的社会效应已经成为美国黑人被子作为政治遗产的主要部分。

美国黑人被子还和民权运动有着密切的联系,这种联系加强了美国黑人被子政治遗产的地位。20 世纪 60 年代,缝制被子的黑人妇女争取民权的斗争以"自由被子合作社"组织的活动最为有意义。"自由被子合作社"是阿拉巴马州威尔科克斯县的吉斯本(Gees Bend)镇的妇女在 60 年代初组成的经济自助组织。1965 年以前,威尔科克斯县是阿拉巴马州尚未有登记黑人选民的县份。在民权运动中,组织起来的"自由被子合作社"的妇女成了地方民权运动的积极分子。马丁·路德·金曾经到过这个城镇旅行和演讲,使黑人妇女的集体人权意识得到发展。

① Bohde, Stefanie. The Underground Railroad Quilt Code: A History of African-American Quilting from Ancient Practices to the Civil War Times. *Oakland Journal,* 2005, 8: 70-79.

1965 年 3 月，她们响应了马丁·路德·金"向投票箱进军"的号召，参加了历史上著名的从塞尔玛(Selma)到阿拉巴马州的首府蒙哥马利(Montgomery)的挺进活动。[①] "自由被子合作社"的主要目的是生产自助。但是在民权运动中，他们也将缝制的被子用于出售，筹集资金，支持民权运动。这使得阿拉巴马的被子直接和黑人争取政治权利的斗争联系起来。

他们的这种利用被子从事政治活动的情景与内战时期北方的废奴主义的活动形成呼应。那时在北方，黑人和白人妇女利用他们的缝被子技巧来支持政治和改革问题。他们举办集市，出售手工缝制的被子，来为地下铁路积累资金，为废奴报纸筹集资金，为妇女废奴团体筹集资金。

因而，当把美国黑人的被子当作遗产看待时，除了文化艺术遗产外我们还可以界定其为一种政治遗产。这种政治遗产和非洲没有太大的牵连。美国黑人利用被子密码摆脱奴隶地位的努力、利用被子支持民权运动的活动都是发生在美洲大陆。这个被子的政治遗产是黑人美国经验的政治遗产。

三、作为家庭历史遗产的美国黑人被子

被子还是一种美国黑人的家庭历史遗产。美国黑人妇女通常把缝制的被子当作家庭历史进行传递。这种家庭历史的传递包括两层含义：第一，缝制被子是一种家传的女红技术，在家庭经济中占据重要地位。一般家庭都希望家庭成员把女红技术继承下去。艺术机构在收集黑人过去遗留下来的被子时，经常可以在风格相同的被子上发现同属于一个家庭的名字记号。这说明在一些家庭中，母亲学会了制作被子，再把它教给孩子，孩子长大了再把从母亲那里学来的技术传给下一代。这样被子成为家庭手工技术传承的载体。手工缝制被子的经济意义是明显的。在美国内战前，一个熟练的缝制被子的黑人女奴，甚至可以依凭出售自己缝制的被子，赎回自己的自由身份。莉齐(Lizzie Hobbs Keckley)就是一

[①] Cash, Floris. Kinship and Quilting: An Examination of an African-American Tradition. *The Journal of Negro History*, 1995, 80(1): 30-41.

个例子。莉齐是弗吉尼亚种植园一个女奴裁缝的女儿。她曾用自己的缝纫技巧在两年之中维持着 17 口人的生活。后来她利用出售被子的收入赎回了自己和儿子的自由身份。① 当然这是一个少见的例子。不过，一个美国黑人祖母为全家族几十口人缝制被子的情况十分常见，这可以说明缝制被子在维持家用中的经济意义。正因为被子的技术和经济意义，被子在过去的年代是重要的家庭日用物品，受到非常的重视。其重视程度如美国被子专家帕特里夏(Patricia Mainardi)所说："妇女们制作被子后，知道珍视自己的工作。她们经常在被子上签名，写上制作日期，列入财产清单，并在遗嘱上具体说明由谁来继承。"② 第二，缝制被子是记录家庭历史的重要手段。美国黑人妇女早期被剥夺了书写权利，因此缝制被子成为她们叙事的方法。在《日用家当》里，那些被子包含了祖母和曾祖母的旧衣碎片，甚至曾祖父内战时在联军中穿过的军装碎片。这些碎片把黑人家庭成员和前辈们连接起来。这些由小碎片拼制而成的被子成了一种家庭历史的见证。1974 年艾丽斯·沃克在另一篇文章中提到黑人被子。她称缝制被子的人"一定会是我们的祖母之一，一位将自己的经历留在她唯一能够买得起的材料上，留在社会允许她使用的唯一一种材料上的艺术师"。③ 可见，艾丽斯·沃克把被子看作是一种和家庭历史相关的物件。

早期的黑人被子主要提供家庭实用。家庭成员从被子上发现祖父母、父母和其他成员的故事。他们从被子的签名、题字、时间、图案、针脚、绳结、布料、色彩来了解家庭的历史。黑人的每条被子一般都有特殊的意义，他们或来自故人旧物，或是亲友的馈赠。它们在缝制时被赋予含义，成为家庭历史的文本。

① Cash, Floris. Kinship and Quilting: An Examination of an African-American Tradition. *The Journal of Negro History*, 1995, 80(1): 30-41.
② Whitsitt, Sam. In Spite of It All: A Reading of Alice Walker's Everyday Use. *African American Review*, 2000, 34(3): 443-459.
③ Walker, Alice. *In Search of Our Mothers' Gardens.* New York, NY: Harcourt, 1983, pp. 231-243.

四、黑人被子遗产的继承

在《日用家当》中由于艾丽斯·沃克的批评和妈妈的叙事，迪伊这个人物总是给读者一个肤浅的感觉。艾丽斯·沃克在小说中不止一次地批评大女儿迪伊的政治取向。例如，迪伊不满意自己的名字来自压迫她的人，因而，她取了一个非洲名字，表示对过去美国生活经验的诀别和对非洲文化身份的追求。另外，迪伊的男友不吃猪大肠，明显地保持着对非洲伊斯兰宗教的精神皈依，从而暗示迪伊对母亲所信仰的基督教的背离。这些情节的安排都意在说明迪伊在政治上不够成熟，有着明显的放弃美国经验的倾向，是艾丽斯·沃克对迪伊不愿融入美国主流社会的责备。[①] 这种责备是读者与迪伊产生心理距离的原因之一。妈妈的叙事是读者对迪伊产生肤浅偏见的另外一个原因。妈妈在小说中扮演的是美国南方乡村中没有文化的老式家庭妇女的角色。从妈妈的角度出发，受了学校教育的迪伊越来越不入眼。妈妈在描述迪伊时使用了大量贬损的言词，在妈妈情绪化叙事的影响下，一般读者很容易对迪伊的所作所为产生排斥心理，因而都会倾向于妹妹麦姬，认为麦姬应该是黑人被子遗产的继承者。

然而，读者对谁应该是黑人被子遗产的继承者的认识应该有一个理性的分析。这种分析应该兼顾《日用家当》的文本内容和社会语境的内容，即分别分析姐妹俩的特质与三种被子遗产的关系。先分析麦姬的情况：在《日用家当》中，麦姬在和其他家庭成员的相处中学会了做被子。这种经历是很多美国黑人妇女都经历过的。我们可以征引美国黑人妇女可露娜(Cloaner Smith)的故事来了解这种情况。可露娜告诉我们："我稍懂事就开始学做被子了。我母亲经常做被子，我生性好奇，很小的时候就跟着看。我拣起她遗弃的布头，试着缝。我一直缝，直到我成功地缝制成大的拼接块，然后母亲把它缝进被子，表

[①] Cowart, David. Heritage and Deracination in Walker's Everyday Use. *Studies in Short Fiction,* 1996, 33:171-184.

示对我的鼓励。"① 麦姬则是跟迪伊外婆和大迪伊学会做被子的。她不但在家庭的熏染下学会了做被子,并且她说:"不要那些被子我也能记得迪伊外婆。"②这表明她读得懂被子中的家庭历史。因此,麦姬能够继承的不仅是家庭的女红技术,而且继承的是由被子联系的亲情和家庭历史。读者对麦姬有资格继承被子的这个家庭历史遗产是认可的。但是,对于黑人被子遗产中的政治遗产和艺术遗产,妹妹麦姬却无力继承。在沃克的笔下,麦姬长相丑陋,行为畏缩,语言迟讷,观念陈旧。她与妈妈住在南方乡下,对在民权运动中崛起的黑人艺术(black art)一无所知。此外,麦姬在政治上则缺乏敏感性。她天性懦弱,遇事忍让,不思进取,听从命运的摆布。在《日用家当》的结尾,有一个妈妈和麦姬吸食和"享受"含烟的反讽情节。这个反讽的意义在于对麦姬和妈妈不思进取和沉浸在落后的生活方式中的批评,也暗示着麦姬对美国黑人被子遗产的继承是有限的。相反,姐姐迪伊在艺术上和政治上正好弥补了妹妹麦姬的不足。从艺术上说,正是迪伊认识到,黑人的被子是一种艺术遗产。尽管,在妈妈的叙述中迪伊要把被子"挂起来"展示和欣赏成了她肤浅的表现,但这并不能掩盖迪伊懂得被子的艺术价值的这个事实。并且迪伊有着姣好的身材,讲究衣着发式,很早就懂得什么叫风格,什么叫时尚。迪伊受过高等教育,对艺术或美有很强烈的追求。她积极参加20世纪60年代的民权运动,这个运动的一部分就是"黑人艺术"的觉醒。因此,作为被子艺术遗产的继承者,迪伊优于麦姬。此外,迪伊在政治上比较觉悟。她把自己的名字改为一个非洲的名字,反映了迪伊在民权运动中政治上的激进倾向,但至少这是她政治上有所作为的表现。她不畏惧任何人,具有反抗精神,敢于正视任何白人。而且,迪伊清楚地认识到她所处的时代是一个"新时代"。所以,在被子的政治遗产的继承上,迪伊也比麦姬具备更加合适的资格。

总之,在探讨《日用家当》中美国黑人被子的遗产及其继承问题时,

---

① Farrell, Susan. Fight vs. Flight: A Re-evaluation of Dee in Alice Walker's Everyday Use. *Studies in Short Fiction,* 1998, 35(2): 179-186.
② 张汉熙:《高级英语》(第一册),外语教学与研究出版社 1995 年版,第 64 页。

我们应把被子遗产的定义与社会背景联系起来。当被子遗产有了一个比较完整的定义，即分为政治遗产、艺术遗产和家庭历史遗产之后，我们就可以通过麦姬和迪伊各自在小说的特质，比较合乎情理地确定妹妹麦姬应成为被子的家庭历史遗产的继承人，而迪伊则应该是艺术遗产和政治遗产的最佳继承人。

第四章　爆炸式发型：反抗的政治表述

现在阻碍我精神解放的还有最后一个东西，那就是我的头发。不是我头发本身，因为我很快意识到，我的头发是无辜的。问题出在我与它的关系上。我经常思考这个问题。我想如果我的精神世界像一个气球那样要飞上天，融入无垠的宇宙，那么我的头发就会像石头一样牢牢把这个气球拖在地上……我忽然懂得了为何尼姑与和尚要剃去一头青丝。

——艾丽斯·沃克[①]

误读是对异域文化中产生的文学作品的阅读中经常出现的现象。以往评论者对迪伊回到家里的头发式样虽然有所关注，但是对她头发式样的理解却因文化的隔阂出现了偏差。见诸评论文章的对《日用家当》中头发式样情节的误读不是个别情况。我们看到有的评论者认为迪伊头发式样只是一种怪异的打扮，只是她张扬浮躁的表现。又有评论者认为迪伊通过服饰和发型尽力表现她喜好装饰表面的本性。其实这样的理解是有偏差的。在迪伊活跃的那个年代，对于美国黑人而言，头发式样不是一个个人装扮问题，而是一个权利体现的场所。本章就迪伊和她男友的头发式样进行话语分析。笔者力图摆脱文本的约束，进入迪伊生活的时代，从中领略迪伊与其男友的头发式样中所包含的政治意义，进一步理

---

① Walker, Alice. *Living by the Word*: *Selected Writings 1973—1987*. San Diego, CA: Harcourt, 1988, pp.69-75.

解沃克创作时的心理意境。

一、爆炸式（Afro）发型的政治表述

迪伊和她的穆斯林男友回到家中，他们奇异的发式引起母亲的讥讽，也引起妹妹麦姬的强烈好奇。虽然，以往评论者对迪伊的发式有所提及，但更多的关注将重点放在人物性格和被子遗产等问题上，而对作者关于迪伊和她男友的发式的刻意描写则不作深入探究。这样，小说中的一些重要寓意得不到应有的彰显。其实，头发的问题是大量的美国黑人女性文学作品的重要叙事主题。对小说的社会语境进行深入研究可以帮助读者解读由黑人发式而产生的文本意义，并揭示作者沃克是如何借助女儿迪伊及其男友的发式来展开母亲和女儿之间的冲突的。

在《日用家当》中当女儿迪伊出场时，作者沃克借母亲之口描述了女儿和她男友的发式。迪伊的"头发像羊毛一样挺得直直的，像黑夜一样乌黑"，而她男友则"满头的头发有一英尺长，从下巴颏上垂下来像一只鬃毛的骡子尾巴……头发垂到肚脐眼"[①]。作者沃克为这对年轻人在小说中出场设计了两种发型：一个是非洲爆炸式(Afro)，一个是黏结式(Dreadlock)。这两种发式在小说成书的年代里代表着一种美国黑人集体种族反抗的政治表述。沃克对迪伊和她男友的发型设计赋予深刻的意义，而并不像有些读者理解的那样，迪伊的行为是在盲目地追求非洲时尚。

20 世纪六七十年代之初，美国经历了悲壮的民权运动，妇女解放运动和黑人权利运动。期间，黑人为全面的政治和文化身份的重塑做了艰苦卓绝的努力。在头发上，黑人妇女民权运动活跃分子中开始流行一种蓬松自然的非洲爆炸式的发式，这种发式颠覆了长期以来的白人发式审美标准，成了黑人妇女利用身体进行反抗的标志和新的文化身份的象征。对于男性黑人则有黏结式的发式与之交相呼应，也是一种反抗的表述。在此前后，"黑就是美(Black Is Beautiful)"这句口号

[①] 张鑫友：《高级英语学习指南》(修订本·第一册)，湖北人民出版社 2000 年版，第 59-60 页。

成为唤醒沉睡的黑人艺术和审美意识的流行口号，也推进了这种爆炸发式和黏结发式在黑人中的流行。

因此，有人认为迪伊所蓄的爆炸式发型模仿非洲发型，其实这可能是个误会。爆炸式发型在 1965—1966 年之间先在美国北部和西部城市的一些犹太人中流行。后来，爆炸发式为黑人演艺明星模仿。1967 年已经成名的年轻黑人吉他歌手吉米·亨德里克斯(Jimi Hendrix)留着爆炸发式出现在洛杉矶举行的特大露天音乐会上，他如痴若狂的吉他弹唱，感染了数以万计的歌迷。他的爆炸发式形象也随着当年发行的唱片封面传遍了美国黑人家庭。同一年，美国历史上举行了为抗议白人选美对黑人排斥的第一次黑人小姐选美大赛。全国性的黑人报纸发表了大量关于这次选美的文章，吸引了黑人民众的关注。当美国黑人女孩桑德拉·威廉姆斯(Saundra Williams)以一段斐济舞蹈赢得冠军头衔而留着爆炸发式接受桂冠时，爆炸发式成了青年女性的发式标准。黑人身份以爆炸发式的形式得到最初的注释。[①] 如果说 1967 年从文艺界流行起来的爆炸发式是美国黑人对自己身体美获得初步认可的话，那么，接下来留着爆炸发式的妇女民权运动活跃分子在以后的政治舞台上的频频亮相，则给爆炸发式注入了民族反抗的内容。1966 年以后，美国黑豹党(Black Panther Party)出现，民权运动逐渐转为黑人权利运动。在这一时期，历史给我们留下来两个留着爆炸发式的女性黑人政治活动家的身影。1968 年，黑豹党领导人之一休伊·牛顿(Huey Newton)以谋杀罪被捕，立即引发规模空前的黑人营救的声援集会。黑豹党女性联络秘书发言人凯瑟琳·克立佛(Kathleen Cleaver)奔走在各地集会之间进行公开营救演讲，她那一头高耸的爆炸头的形象，大量出现在媒体上，成了反抗运动的标志。稍后 1969 年，加州大学洛杉矶分校年轻黑人女性民权活跃分子哲学助理教授安吉拉·戴维斯(Angela Davis) 遭到联邦调查局(FBI)和校方指控为共产党，酝酿停止她的授课资格。这个事件引发舆论不满，也引发对戴维斯讲课的关注，一时间参加戴维斯听课的学生多达 2000 之众。事件通过电视媒体传遍全国。戴维斯的爆炸式发

[①] Craig, Maxine Leeds. *Ain't I a Beauty Queen?* New York, NY: Oxford University Press, 2002, p.4.

型也成了女性民权运动的最明确的反抗表述。1968 和 1969 年之间是民权运动和黑人权利运动的交叉点。当我们再次打开这时美国黑人在奥克兰法庭外声援黑豹党领袖和加州大学争取权利集会的历史图册时，我们发现在人头涌动的示威人群里，几乎所有的黑人男女都已经将原本拉直的头发改为爆炸式了。美国学者 L. R. 莱特(L. R. Writer)根据美国媒体公开发表的黑人形象进行过研究，按照他的说法，爆炸式发型始于 1965 年前后，黑人男女青年皆蓄。在 1965 年，有 5% 的黑人男性和 2.8% 的黑人女性选择留爆炸发式。在稍后的黑人权利运动中，爆炸发式出现的频率大幅上升。黑人男性蓄爆炸式发型的从 1968 年的 37% 升到 1969 年的 95%，黑人女性则从 1968 年的 14.8% 升到 1969 年的 57%。而 1970 年到 1976 年之间，爆炸式的变异式样则在女性中出现。[1]

对于当时蓄爆炸发式的感受，我们可以从当年民权运动积极分子格劳亚·威德盖尔兹(Gloria Wade-Gayles)的回忆中得到了解。那时她参加了民权运动，她感觉，在民权运动以前，"当我想抬起头时，拉直的头发成了一个包袱把我的头压弯"，而在民权运动中，"我决定蓄爆炸式。在自然状态下，我的头发就是一枚徽章，一个自尊的象征，它是我的种族的骄傲"。[2] 威德盖尔兹的表述其实代表了那一代美国黑人女性的心声。与爆炸式并行的一种男女皆用的发式为黏结式，国内也有人将其称为脏发。黏结发式的来源有几种说法：一种追溯到古老的非洲；另一种则认为黏结发式始于 20 世纪 50 年代反抗英国殖民者的非洲肯尼亚吉库尤(Kikuyu)士兵中间。后来这种发式被牙买加拉斯塔法里(Rastafarian)教派出于精神和宗教的考虑采纳了。拉斯塔法里教认为黏结式头不可修剪，他们相信黏结式是他们力量所在，是他们与上帝为一体的象征。20 世纪 70 年代初，牙买加音乐家将这种发式带入美国。黏结式发型不分男女，女性蓄黏结式的和男性一样多。[3] 黏结式不洗不梳，结团成块，作为发式表达的是一种对主流社会标准的逆反。迪伊的穆斯林男友就是蓄

---

[1] Ferguson, Tameka Nicole. African American Natural Hair as a Symbol of Self (MA Paper, UMI 1422563), 2003, pp.1-86.

[2] Ashe, Bertram D. *Why Don't He Like My Hair? African American Review*, 1995, 29 (4):579-592.

[3] Ferguson, Tameka Nicole. African American Natural Hair as a Symbol of Self (MA Paper, UMI 1422563), 2003, pp.1-86.

着这样的发式随迪伊回家的。我们没有听到迪伊的男友对他自己的发式怎样评论。不过我们在他的同时代人那里可以听到对黏结发式的评论。简妮(Jenny)是一个美国黑人职业女性,民权运动中留着黏结长发,她在解释她的发式时说:"发式表达了我的个人风格和我的遗产,我值得骄傲的价值。我认为我处于一种长期的反抗之中,反抗文化疏远的现实,文化边缘的现实,文化看不见的现实,所有的歧视和不公。自从我开始留起自然发式,我感觉我的发式总是让我发出无言的声音。"①

20 世纪 60 年代,美国黑人的歌曲《大声说,我是黑人,我骄傲》在美国大地传播时,爆炸发式以无言的方式,传播着同样的反抗心声。在这个过程中,民权运动把政治带进了女性的私人空间,女性对个人身体的修饰不再是个人的私事,如何打理自己的发型成了政治表述。黑人身体的美在爆炸发式的炫耀中重新被发现。1969 年,美国黑人女性《乌木》(Ebony)杂志中刊登了黑人艺术运动领袖莱瑞·尼尔(Larry Neal)的文章,她评论黑人身体明确地政治化时说:"衣服头发的新标准是我们自己完美的基本形象……姐妹们蓄自然的发式,主张神圣而基本的自然身体。在最肯定的意义下,自然代表着姐妹们自由决定命运的意愿。它是自爱和爱民族的行为,自然从心理上解放了姐妹们。"爆炸发式的流行,使美国黑人重新确定了自己身体是美的自信。1969 年,在 Natural Black Beauty(《天然黑色美》)中诗人乔·康卡伍兹(Joe Concalves)解释了 20 世纪 60 年代黑就是美的理念。他说:"就我们的自然美来说:我们的嘴唇搭配我们的鼻子,我们的鼻子搭配我们的眼睛,它们都和我们的黑色的皮肤相配……"他解释道,"黑人艺术运动中身体政治是自然黑人之美理念的关键部分。有着与非洲相关联的衣着和发式成了黑人自然之美的标志。非洲爆炸式的短发是一种自然发式"②。

---

① Frost, Liz. *The Politics of Women's Bodies: Sexuality, Appearance, and Behavior.* Women's History Review, 2000, 9(1):161-184.

② Collins, Lisa Gail & Margo Natalie Crawford. *New Thoughts on the Black Arts Movement.* New Brunswick, NJ: Rutgers University Press, 2006, p.159.

二、黑人身体审美理念的社会构建

《日用家当》中母亲认为女儿迪伊有着"较浅的肤色"和"较好的头发"。然而，母亲关于黑人身体的审美标准却是一个白人的标准。美国 20 世纪 60 年代以前，黑人集体审美观念与白人同化。在美国黑人妇女文学作品中，黑人的头发是一个常见的叙事话题。在多数场景中黑人的头发，尤其是女性黑人的头发是笼罩在她们心头挥之不去的阴影。她们憎恨自己头发卷曲绒状的质地和长不盈尺的状态，普遍希望自己能够像白人女性一样长出一头秀美飘逸的长发。在黑人作家玛雅·安杰罗(Maya Angelou)的自传体小说《我知道为什么笼中鸟儿要歌唱》中，我们看到主人公玛雅幼年时就有一种强烈的愿望，希望自己有一头和白人姑娘一样的秀美飘逸金色的长发。在强烈的日常愿望驱动下，她甚至一觉醒来看到满头金色的长发替代了满头绒毛状短发。在一般黑人关于头发的审美想象中，白人女性的头发是美丽的标准，是她们追求的目标。黑人种族自身的身体美感早已荡然无存。美国黑人的审美观念长期以来受到白人审美观念的支配。这种支配不仅仅限于头发，还包括皮肤颜色、眼睛颜色、鼻子、嘴唇和牙齿形状等身体体貌特征。比如，在托妮·莫里森的作品《最蓝的眼睛》中我们读到的是黑人女孩希望能拥有一双白人那样的蓝色眼睛。

在 20 世纪 60 年代的民权运动中以及妇女解放运动中，黑人艺术作为自我身份认同的一部分发出了呐喊。美国黑人知识分子在追求自己独立的文化身份过程中，意识到自身种族审美观的丧失源于种族压迫。他们认识到，对于身体，黑人本来有着不依赖白人而独立存在的审美价值尺度。在遥远的非洲，在欧洲殖民者到达非洲之前，非洲部落里黑人的发式是多种多样的。彼时，黑人对自己的身体有着强烈的美感。黑人自身种族美感的丧失始于所谓近现代的理性科学中。

在 17、18 世纪，伴随着欧洲奴隶贸易的兴起出现了"科学种族主义"话语，其中肤色、头颅、骨骼形状和头发质地成为欧洲人区别人种等级的要素。人们依此对人种进行分类、确认、命名和排序，以便构建一套现代人种科学体系。在这个人种分类体系里与欧洲启蒙思想一致的是欧洲人排序在前，而非洲人排序在后。在这个人种认定过程中，种族间的差异，如同新的植物、动物、矿物的科学分类一样，被用拉丁语固定。[①] 欧洲科学种族主义分类学为黑人种族美感的丧失奠定了理论基础。

黑人自身种族美感又丧失于欧洲殖民者的原始暴力之下，而最终完全丧失于北美种植园中更加长期的暴力和非暴力的双重种族主宰的社会构建过程。在这个过程中，黑人的自信和尊严、自我审美意识在白人对黑人的种族文化支配关系中遭到无情的摧毁。然而，在北美种植园中，文化霸权并没有随着废奴运动而消失，它以非暴力的形式存在于北美的种族文化支配关系中。在审美理念上，白人标准通过主流社会在道德及精神层面的宣传渗透到了黑人民众的意识之中，成了黑人大众的常识。

如上所言，黑人自身审美意识的丧失从欧洲人对非洲的殖民统治时期就开始了，然而对于美国黑人，种植园中的奴役生活才是其自身美感被剥夺噩梦的真正开始。在种植园里，奴隶们所有的非洲民族文化都被剥夺了。不但他们的名字被取消，他们的审美价值及对非洲风格的感情也遭到摧残。美国头发专家雷切尔·巴赤曼(Rachel Buchman)对种植园时代白人主人对黑人身体美感的摧残有过描述。在种植园时代，白人主人教导奴隶孩子称自己的头发为羊毛，惩罚黑人妇女的方法之一是剃光她的头发。在一些地方，奴隶主还鼓励黑人用烙铁烫直头发。只有星期天黑人奴隶们才有时间打理自己的头发。[②] 近年来的一些关于黑人头发的研究显示，在美国奴隶制度的历史上，种族主义"明显地贬低非洲人体貌特征，并且按照理想的白人妇女体貌特征来建立起审美标准。在头发上，这样的标准就是白人社会理想的飘逸长发。这种标准导致黑人妇女看不起自己头发的质地"。于是，黑人社区开始使用"好头发"来形容自然直发、波浪形卷发和长发，使用"坏头发"来形容粗

[①] Mercer, Kobena. Black Hair/Styles Politics. *New Formation,* 1987, 33:35-36.
[②] Buchman, Rachel. The Search for Good Hair—Styling Black Womanhood in America. *World and I*, 2001, 16(2):190-194.

糙的绒发。[1] 在《日用家当》中，母亲称迪伊有所谓的"较好的头发"，她的审美标准正是处于这个被支配的审美坐标体系之中的。

美国奴隶制度的废除，并没有造成黑人的审美观的回归；相反，废除奴隶制度仅仅代表着主流社会暴力种族压迫的结束。而压迫本身则以种族文化领导权的方式，继续进行着。这种白人种族文化领导权通过各种社会制度、商业机构和家庭关系向黑人继续灌输着白人审美标准，在黑人的头发这个场所继续"保持压迫制度的符号"[2]。

民权运动以前，主流审美意识通过无数的渠道流向社会的各个角落，直接或间接地主宰着黑人发式的审美格调。黑人在他们自然的肤色、头发质地和他们的嘴唇形状等外形、外貌上饱受凌辱。由白人操纵的各种媒体、商业广告、卡通图片、雕像、滑稽肖像肆意地贬低黑人的皮肤、绒状鬈发以及黑人的面容，把他们与丑陋、罪恶或危险广泛联系起来。[3] 在商业领域，美容美发业为了从黑人头发上赚取利润，设下黑人头发需要修补的陷阱，迎合白人审美标准，开展为黑人拉直自然卷曲头发的业务。这种业务又带动了一系列其他产业的发展。为黑人拉直头发的用具从最初的熨衣服的熨斗，到电热梳的发明，从家庭自制的药液，到工业化生产的化学头发拉直液的药业的形成，整个美国社会都为黑人头发的修复提供了一个适应的环境。为黑人拉直头发而开设的美发沙龙遍布南北城乡。这一切都在一种了无痕迹的制度建构中感染黑人民众。在整个社会的暗示下，黑人民众不得不承认自己的身体和头发一无是处。美国黑人自己的尊严和自身的美感被彻底摧毁。在种族混居的美国社会，黑人开始接受白人的美的标准。黑人把自己的头发用各种手段拉直的做法也受到白人的鼓励。

时至 20 世纪 30 年代，在现实中，黑人头发质地差，应该修补的意识已经得到黑人男女的普遍认定。在 20 世纪早期，大部分美国黑人已把拉直头发看成女性的现代装扮和吸引人的做法。黑人女性拉直的头发

---

① Boyd-Franklin, Nancy. *Black Families in Therapy: Understanding the African American Experience*. New York, NY: Guilford Press, 2003, pp.48-50.
② Collins, Lisa Gail & Margo Natalie Crawford. *New Thoughts on the Black arts Movement*. New Brunswick, NJ: Rutgers University Press, 2006, p.90.
③ Craig, Maxine Leeds. *Ain't I a Beauty Queen?* New York, NY: Oxford University Press, 2002, p.24.

被认为是好装扮。黑人自己也为此感到荣耀，他们认为他们在头发上是可以和白人媲美的，这是他们个人的骄傲，也是民族的骄傲。这种拉直头发以赢得白人社会承认的做法，实现了两种社会需要，即白人文化主宰的需要和黑人种族平等追求的需要。然而这个头发审美上的平等是在黑人文化身份丧失的代价下取得的。20世纪二三十年代拉直头发是大多数黑人妇女的做法，那时人们尚不期待黑人男性以化学的方式拉直头发。20世纪40年代一些属于亚文化圈的黑人男性才开始拉直头发。我们在阅读马尔科姆·X的自传中还可以窥见这位前民权领袖自己拉直头发的感受。马尔科姆·X第一次用化学方法把头发烫平的事发生在他皈依伊斯兰教之前。他在自传中写道："然后邵蒂(Shorty)让我站起来，照镜子一看，我的头发缕缕垂下，柔软而润滑……镜子里我的形象驱走了(烫发时的)灼痛。我曾见到过一些美丽的直发。但是第一次自己把卷曲的头发拉直时，心灵中所经历的变化是巨大的。"[①] 此时的马尔科姆·X尚未感觉到自己被支配的文化地位。

在民权运动之前，美国黑人拉直头发基本上是必须的行为。在公共场所，很少见到卷曲绞缠(kinky)的头发。黑人公开暴露卷曲绞缠的头发被认为是丢脸的。不过，打理卷曲的头发将其拉直并不是一件容易的事。为了拉直的头发不致走样或遭到破坏，头发必须时刻保持干燥。游泳和下雨天是令黑人妇女尴尬的时候。加利福尼亚奥克兰的雪拉·海德(Sheila Head)回忆道，"当你头发洗湿了之后，你会很快地把它们扎起来，这样就不至于纠缠在一起了"。为避免头发回复原状，黑人妇女尽量不让头发沾湿。她们头戴塑料头罩，从来不游泳。在下一次拉直头发之前，两周洗一次头。琳达·伯海姆(Linda Burnham)回忆幼时游泳后头发散乱如麻，又没戴头套，被嘲笑的情景时说："所有黑人女孩的毒药就是水。"[②]

据调查，几乎毫无例外，黑人小女孩的头发都是编起来的，直到她长大能够拉直头发为止。此后她将终生拉直头发。头发是在隐秘的妇女私人空间或厨房里拉直的。如果是在外边活动，她们则在发廊里拉直。

---

① Haley, Alex. *The Autobiography of Malcolm X* (*As told to Alex Haley*). New York, NY: Ballantine Books, 1999, p.54.
② Craig, Maxine Leeds. *Ain't I a Beauty Queen?* New York, NY: Oxford University Press, 2002, p.27.

白人应该是看不到黑人的绒发的。拉直头发的做法成为被完全接受的标准，甚至有些混血黑人，头发不那么卷曲，也会拉直她们的头发。这一时期，风气所至，一概以拉直头发为美。根据简·薇蕾(Jean Wiley)的说法，"不记得有哪一个黑人妇女在 50 年代没有拉直头发"[①]。

1939 年到 1940 年之间，美国黑人心理学家肯尼斯·克拉克(Kenneth B. Clark)和他的妻子玛米艾·克拉克(Mamie K. Clark)设计了一个著名的娃娃选择心理实验(doll experiment)。在实验中，一些幼年黑人儿童被引导在黑白两组洋娃娃当中挑选他们喜欢的洋娃娃，试验的结果是绝大多数黑人孩子都选择了白人洋娃娃。这个实验表明，在美国民权运动前，美国黑人的审美观念从幼时已经被白人所同化，黑人的审美心理已经和美国白人趋同。而此一阶段，最令黑人感到骄傲的是一些年轻黑人女性成为耀眼的社会名流。人们提到最多的黑人女性名字是莱娜·霍恩(Lena Horne)、多萝西·丹德里奇(Dorothy Dandridge)和戴安·卡罗尔(Diahann Carroll)。然而，这些黑人名流都有浅色的皮肤、欧式的面容、经过拉直的头发。这一切都加强了这样的信息，即黑人的美貌是与浅肤色、长发、薄嘴唇和尖鼻子等白人外貌特征相联系的。

三、《外婆的日用家当》头发情节的解读

当所有的黑人都接受白人审美观念后，这种白人意识形态在黑人之间的传递，就成了潜意识的行为。在黑人的家中，而不是在白人主流公共空间，父亲母亲在给女儿梳头时对女儿头发的评论成了女儿这一代关于身体美学信息的最主要来源。在家庭里，父亲、母亲、亲戚和长辈成了白人审美标准的维护者。他们教育孩子卷曲的绒发不美，从小就要拉直头发。因而，黑人女性儿童在成长后期就开始了常规的头发拉直体验。所有从二三十年代过来的黑人女性几乎都有过拉直头发的经历。华盛顿地区的布兰达·文斯蒂德(Brenda Winstead)解释说，女性成长过程中，拉直头发是一个基本部分，"这是一个成长的方式，从七八岁时，就开

[①] Craig, Maxine Leeds. *Ain't I a Beauty Queen?* New York, NY: Oxford University Press, 2002, p.27.

始拉直头发了"。而另一位黑人女性珀尔·克里泽(Pearl Cleage)回忆,"我第一次拉直头发是我八岁那年,停止拉直头发那年我 18 岁(民权运动到来,改变发式)。十年之间我每天差不多用两个小时打理头发,所用时间等于:2 乘 365 再乘 10 年,一共 7300 个小时"[1]。

拒绝拉直头发,保持自然的发式会遭到批评和谴责,而最严厉的批评不是来自白人的贬低,而是来自黑人自己,来自父母、祖父母、年长的姐姐们。她们成了白人主流意识形态的捍卫者。他们看自己和自己的子女,不是通过自己的眼睛,而是通过白人的眼睛。家庭成了压迫的场所。这一点正如中国妇女的缠足,为女儿缠足者,为自己女儿带来终生痛苦的人正是自己的亲生母亲。在家庭和母亲的教育下,几乎每个女儿都要从幼年开始用各种方法把头发拉直。

然而,民权运动的到来,使拉直的头发受到挑战。

在民权运动之风尚未浸染南方之前,率先将拉直的头发改变为自然的爆炸发式,会遭到来自白人、自己男友和家人的反对。我们可以很容易找到一些这样的例子。1969 年 12 月 10 日《纽约时报》刊登了一篇"拒绝剪掉爆炸式 空军士兵受审"的故事:21 岁的黑人空军一等兵奥格斯特·道伊尔(August Doyle)因蓄爆炸发式并违抗长官命令拒绝理发而受到达拉斯军事法庭的审判。在这个故事里,三个黑人士兵参加完一个关于军队着装规定会议后,接到理发的命令,其他两名士兵服从了,道伊尔则拒绝理发的命令。道伊尔解释说,他的发式是他黑人身份的一部分。道伊尔违抗军令的代价是饱受牢狱之灾。他在监狱中服刑 90 天,罚金 180 美元,由一等兵降为列兵。后来,出于社会民权运动对军队的压力,空军改变了着装规定,允许黑人留爆炸发式,道伊尔得以恢复自由。[2] 可以肯定,军队改变关于爆炸发式的规定是黑人不屈不挠的斗争结果。1971 年 1 月 31 日 我们在《纽约时报》看到这样一篇文章:"军队理发师学剪爆炸发式:49 名理发师完成培训"。文章援引美国知名理发师威列·茂若(Willie Morrow)的话:"直到最近,黑人对自己

[1] Cleage, Pearl. Hairpeace. *African American Review*, 1993, 27(1): 37.

[2] Ward, Frances Marie. Get Out of My Hair (University of North Carolina Dissertation, UMI 3086647), 2003, p.79.

卷曲绒状头发有了自我意识。她或他不惜花钱来显示卷曲头发。对军队这很容易，理发师只要用剪子在头顶上下工夫修剪就是了，一点问题都没有。现在黑人的头发成了一种骄傲、一种文化象征，成了他个性和身份的一部分。爆炸的自然发式会流行一阵子的，军队需要认清这个事实。"这一期军队爆炸式理发学习班的 49 名学员来自陆军、海军和空军的十四个州的基地，以及美军在越南、菲律宾和印度的军事基地。其中四分之三是白人理发师，10 位是女性美容师。这个语境表明在 20 世纪六七十年代之交爆炸发式所引起的社会变化的深度和广度是前所未有的。[①]

在公司里，留爆炸发式而遭受就业歧视的情况时有所见。1970 年印第安纳州，印第安纳波里斯南部地区地方法院审理了一个与爆炸发式相关的民事案子。这就是轰动一时的贝弗利·简肯斯(Beverly Jenkins)对蓝十字互助医疗保险公司(Jenkins vs. Blue Cross Mutual Hospital Insurance, Inc.)的发式案。在此案中，贝弗利·简肯斯久滞其位，不得提升，因为她被告知，她的"爆炸式永远不能代表蓝十字"。简肯斯因此对雇主提出歧视诉讼。她在诉讼状中指控说，医院的衣着规定不但歧视黑人，而且更令人厌恶地损害了黑人摆脱奴隶阴影的能力，医院不应该要求他们接受白人的服饰和发式作为雇用的条件。幸运的是，此时民权运动高涨，人权观念深入人心，贝弗利·简肯斯获得胜诉。[②] 基于爆炸发式的权利话语也存在于黑人社区的家庭和私人空间。

爆炸发式遭到的压力来自多个方面。即便是南方的黑人兄弟姐妹也会对爆炸发式提出质疑。在我们收集到的例子里，有北方民权运动活跃分子头顶爆炸发式来南方进行串联，顶不住周围的压力而用水冲洗掉爆炸发式的故事；也有恋人之间为头发的式样反目为仇的情况。据珀尔·克里泽的回忆，1968 年，18 岁的她停止了拉直头发而改蓄爆炸式。首先对此产生激烈反应的是与她处在热恋中的黑人男友。男友含怒告诉她："你爱怎样做都行，但是我不再会碰你的头发了。"[③]

---

① Ward, Frances Marie. Get Out of My Hair (University of North Carolina Dissertation, UMI 3086647), 2003, p. 80.
② Ibid, p. 122.
③ Cleage, Pearl. Hairpeace. *African American Review*, 1993, 27(1): 37.

　　然而改变发式,把拉直的头发变成爆炸发式而遭遇到最为强烈的反对却来自自己母亲、祖母或年长的亲属。因为正是自己最亲近的长辈才是青年女性符合主流道德装束和发式的直接监护者。以下几个例子可以帮助我们理解母女之间为爆炸发式而产生不睦的情况。1968年珀尔·克里泽的姐姐 20 岁, 也把齐肩短发做成和凯瑟琳·克里佛(Kathleen Cleaver)一样的非洲爆炸式, 带上一对非洲大耳环。当她去见慈祥的祖母时, 却遭到祖母的训斥。祖母告诫她,"如果上帝让你的头发成为那个样子(绒卷短发), 那是上帝有意的安排"①。这种反对情绪还蔓延在一般黑人妇女当中。1968 年, 传播美国黑人成就的《乌木》(Ebony)杂志重点刊登了非洲爆炸式图片。此举遭到不少保守黑人女性读者的反对, 她们纷纷给编辑部写信。其中雪莱·德雷克(Shirley Drake)写道:"每次我在街上见到我的同族留着这样可怕的自然发式, 我就感到是一种耻辱, 我简直要哭。"而据艾得丽·琼斯(Adele Jones)的讲述, 她的一位朋友蓄着爆炸发式回家, 一进门就把母亲气得昏厥了过去。因为在这位母亲看来, 把头发拉直是唯一不会吓着白人, 还能够找得到工作的体面发式。因为爆炸发式的传播不时会受到阻碍, 一些女儿只好作假, 以避免回到家里争吵。琳达·伯海姆(Linda Burnham)回忆说:回家时,"女性(回家)要带直发的假发, (离开家)到了汽车站, 再把假发摘掉, 下面是自然发式。因为, 在家里她们的确得到许多指责"②。

　　然而,迪伊回到家时, 却没有戴假发, 没有掩盖自己足以引起母亲强烈反对的爆炸发式。《日用家当》中母亲是理解女儿迪伊的脾气的, 因而她有心理准备, 客气地迎接归来的女儿。当母女见面时,尽管母亲没有直接表示出对女儿发式的意见,可是她对迪伊的叛逆的不满还是借助小女儿麦姬"呃"的吃惊声表达了出来。并且在描述迪伊和她男友的发式时, 母亲使用的语言夹杂着强烈的讽刺意味。母亲对女儿在发式上的审美变化如果没有明确表示不满的话,那么她对女儿发式的缄口不言至少是一个避免与远道而来的女儿发生冲突的策略。

---

① Cleage, Pearl. Hairpeace. *African American Review*, 1993, 27(1): 37.
② Craig, Maxine Leeds. *Ain't I a Beauty Queen?* New York, NY: Oxford University Press, 2002, p.36.

考察作者沃克本人在现实中对黑人头发的感受非常重要。这对于我们理解爆炸发式情节在小说中的寓意应有启迪意义。自《日用家当》小说发表之后，很多年来沃克很少在公开场合谈论她对黑人头发的看法。但这并不表示，黑人头发话语对沃克的个人生活没有多大影响。从我们能够看到的沃克的个人照片看来，数十年来沃克不断地变化着自己的发式。从爆炸式到黏结式，从短发黏结(Baby Locks)到长发黏结(Adult Locks)，忽而将头发染为紫红色，旋即又染成深黄。近年来，沃克干脆去掉一切修饰的假发，露出久经风霜的短发，虽已花白，但是尽显天然本色。从沃克不断变化的发型中，我们似乎可以察觉到她内心长久积蓄的对于黑人头发丰富而复杂的心理情感。

1987年，沃克回到阔别已久的母校亚特兰大斯贝尔曼学院(Spelman College)。在《日用家当》发表将近15年后，沃克终于发表了题为"被压迫的头发阻碍我成长"的演讲。在这个演讲中，沃克倾诉了她由于头发引起的压抑心境得到解放的心路历程。沃克告诉她的校友，"黑人的头发是被压迫的头发，然而，头发是比家还要亲近的东西"。在一个漫长的时期里，活克表面平静，内心却在激烈地躁动。为了安宁，她曾在很大程度上躲避着这个大千世界，远离电视和报纸，离开喧闹的大家庭，离开几乎所有的朋友。因为她觉得，"我的大脑思维好像被一个盖子封住，表面上我很平静，而在这个盖子的下面我的心绪烦躁不宁"。沃克所说的盖子就是自己的头发。沃克曾认为上天给了她这样的头发是不公平的。她反省自己，觉得行为上并无过错。对待家族和祖先，她心存诚敬。对待工作，她竭尽全力，恪尽职守。对待丈夫和家人，她付出发自心底的爱。对于这个世界和整个宇宙，她已经认识到了责任和敬畏。沃克自问："还有什么我没有做好吗？我在成长的早期阶段就知道头顶上有个封盖，这个封盖堵死了我通往渴望的宇宙之路。当我要打开我头上的封盖时，为什么却打不开呢？"从这段话中，我们了解到沃克曾深受自己头发的困扰。终于，沃克悟出打不开头上盖子的道理：

　　　　因为我很快意识到，我的头发是无辜的。问题出在我与
它的关系上。我经常思考这个问题。我想如果我的精神世界
像一个气球那样要飞上天，融入无限的宇宙，那么我的头发

67

就会像石头一样牢牢把这个气球拖在地上,不许它腾飞。我现在意识到如果我一直纠缠在头发的困扰当中,我的精神就无从发展,心灵就无从成长,就无法全然忘我地融入无限的宇宙。

沃克悟出了这样一个道理,黑人的头发是上帝设计的,它是美好的。她继续讲道:

我又一次面对妆镜,会心而笑。我的头发无比奇异,是叹为观止的创造。它如斑马的身纹、犰狳的耳朵、海鹅的蓝爪。大抵造化设物,初无用心,尽其胸臆而已。我认识到我从来没有机会细心揣摩一下我头发的本质。我的头发真的有个本质。我想起多年来为我经常梳头的人们,从我妈妈算起,她们不断地就我的头发进行说教工作。她们主宰着、压制着、控制着。现在,她们不再管我的头发了。我的头发可以恣意生长了。我经常和朋友在电话里谈我头发的奇特表现。它从来不平躺着。它对平躺的姿势或传教姿势从来不感兴趣。它并不修长,而且从根部就开始分叉,不过它对任何别的传教式解决方案也不感兴趣。它要寻求更多的空间,更多的光亮,更多的自我。它需要经常清洗。这就是我的头发。

沃克在经历了长期苦闷之后,终于摆脱了头发质地带给她的阴影。沃克接着讲:"最终,我知道我的头发需要什么了。它需要成长,自在地成长,需要按照自己的命运来卷曲。它不需要任何人打理,包括我自己,我曾经对不起它。"放下包袱的沃克不再认为黑人的头发质地恶劣了。她的关于自身的审美标准摆脱了白人的支配。对于沃克,黑人的自然卷曲的被压迫的头发应该解放了。沃克宣布:"你们猜什么事情发生了?我头脑上的那个封盖被掀掉了。我的心智和精神再一次超越了我。我再也不会表面平静而内心躁动不安了。"[①] 沃克的这个讲演,宣告了她对黑人头发的态度。它表明长期以来沃克对黑人头发是非常关注的,对各式黑人头发代表的各种意义理解是深刻的。

---

① Walker, Alice. *Living by the Word: Selected Writings 1973—1987.* San Diego, CA: Harcourt, 1988, pp.69-75.

在民权运动中，沃克作为一名活跃分子，曾经蓄着爆炸发式去动员黑人民众参加为争取权利的投票。后来黏结式传入美国，她又以极高的热情，接受了黏结式。沃克对黑人头发意义的特殊领悟，使沃克在进入成年之后，就再也不相信黑人头发有缺陷、需要修复的谎言了。1999年，沃克怀着对黏结式的热爱，热情地为《黏结式》一书写了篇长序。在其中，沃克不断地赞美黑人自然发式，而反对黑人把头发用化学方法拉直的做法。她说："我已经十年没有梳头了。在这十年里他们自己往头上倒了多少致癌的直发化学剂。他们曾经骄傲有趣的卷曲的头发被迫躺倒，像坟墓上的石板。但是我了解这个，因为我也曾这样做过很多年。"对于沃克为什么在民权运动之后，长期以来对黏结发式情有独钟，我们在这篇序文里应该能够找到答案。沃克告诉我们是牙买加最著名的歌手："鲍勃·马莱(Bob Marley)教会我信赖造化，自爱头发。记得第一次看到鲍勃·马莱和彼得·陶许(Peter Tosh)的照片。我不能想象他们头上那些黑绳子是头发。后来他们在歌曲中唱道，绳子代表头发，自然的头发，没有加任何东西，甚至梳理都不要。我认识到他们为世界带来了或重新引入了一个健康的新貌和新方式。"[1]

通过对语境的分析，我们应在以下三个方面得到启发：(1) 迪伊完全是以一种在民权运动中种族反抗身份的形象出场的。正是这个爆炸发式的形象成为引起母亲不快的原因之一，它导致了母亲与远道而来的女儿的隔阂。爆炸发式为母亲和女儿最终冲突的爆发埋下了伏笔。在沃克接下来的写作过程中，这种伏笔还有若干处。比如，迪伊将自己的名字更改、使用妈妈听不懂的乌干达语向妈妈问好等情节，都是作者为母女最后矛盾爆发而做的铺垫和积累，这些情节将在后面的章节中作出解释。我们在阅读时可以感觉到妈妈一直在忍耐。她心里有不少话都没有明说。这种忍耐，我们只有读到母亲最后爆发才能体会到。(2) 家庭可能是个温馨的能让人得到休息的港湾，但是也可能是个压迫的场所。性别压迫、审美压迫可以来自主流社会或是统治者，而是更直接地来自自己的父母和长辈。父母可以是统治者或主流意识形态的代言人和使意识

[1] Mastalia, Francesco & Alfonse Pagano. *Walker. Dreads.* New York, NY: Artisan Publishers, 1999, p.8.

形态物化的最后的工具。非洲爆炸发式主要在年轻女性民权运动活跃分子当中传播。在一个主流文化审美意识形态已经变成人们日常生活习惯一部分的社会里，反抗白人种族主义压迫的最大阻力不是来自主流白人社会，而是来自自幼教导她们拉直头发的家中父母。(3) 作为刚刚经历了民权运动的黑人女性作家，在《日用家当》中沃克虽然没有正面袒露自己对黑人头发的主张，但是在创作《日用家当》的1973年，美国的民权运动已接近尾声，爆炸发式还在流行中。作为年轻的女性民权运动的活跃分子，沃克在头发上也经历了一场不平凡的心路历程。从沃克的个人发式经历看，沃克是主张利用头发表示自己的政治主张的。我们认为在小说中，沃克为迪伊设计的爆炸发式包含着她对民权运动中那些文化反抗事件的嘉许。

第五章　心灵食品：政治话语中的文化身份

> 在同样的种植园里，还有田奴，田奴人数比家奴多。田
> 奴待遇极差。他们吃剩物。主人在家吃猪肉，但是田奴吃的
> 是白人剩下的猪内脏，也就是大肠。那时田奴就被称为大肠，
> 吃大肠者。
>
> ——马尔科姆·X[①] "给草根们的信"

在 20 世纪 60 年代的民权运动高涨岁月里，美国黑人对自己身份的再造是从重新审视自己的文化展开的。黑人文化，不仅牵扯到令人震撼的拼花被子的绚丽、头发式样的变换，也关联到黑人自身的饮食习惯、饮食内容、烹调方法。在英国，19 世纪的维多利亚时代围绕餐饮孕育出了一整套考究的礼仪习俗。餐桌餐具的摆放、就餐时刀叉的使用方法，以及进餐的速度、咀嚼的快慢等，都有一种约定俗成的标准。这种被称为餐桌礼仪(table manner)的饮食标准在欧洲殖民者进入非洲和美洲时，也传播到了当地。于是，欧洲的餐饮礼仪与黑人的饮食风俗形成鲜明对照。在美国的奴隶制时代，黑人的非洲饮食传统随着来到新大陆而有了变化。为了应付种植园繁重的体力支出，他们开始摄入大量猪内脏及肉食，形成了具有某些种植园时代特点的饮食习惯。然而，黑人饮食习惯和特点在白人维多利亚式的标准排斥下，成为一种不被人注意的边缘。

[①] Breitman, George. *Malcolm X Speaks: Selected Speeches and Statements*. New York, NY: Grove Press, 1994, pp. 3-17.

20 世纪 60 年代以前，美国黑人的饮食习惯、风格、内容从来没有被当做一种文化存在过。进入民权运动时代，美国黑人重新发掘与自身有关的一切文化遗产，美国黑人饮食被冠以"心灵食品"的称呼，被确定为一种文化，纳入民权运动话语形成之中。本章将历史地解读《日用家当》中的那段关于黑人饮食的情节。迪伊为什么那样谈笑风生地享受着妈妈为他们准备的午餐？这仅仅是她的个人喜好吗？她男友为什么婉拒"心灵食品"？这仅仅是他的一种宗教信仰吗？这个情节所引发的几个问题在本章将会得到阐释。

一、黑人文化载体的心灵食品

《日用家当》中有关黑人饮食的情节过去不被批评者所重视，但是在现实中，黑人饮食文化在白人为主流的社会中有一个复杂的话语过程。那么，沃克在《日用家当》中是怎样利用迪伊饮食的情节为小说注入令人回味而值得诠释的含义的呢？对此，我们要作一些历史性的分析。小说中对回家探望母亲的迪伊(Dee)以及其穆斯林男友的饮食的描述是平淡的，当这个黑人家庭开始坐下来吃饭时，迪伊的男友"马上声明他不吃羽衣甘蓝，猪肉也不干净。万罗杰(迪伊)却是猪肠、玉米面包、蔬菜，什么都吃。吃红薯时更是谈笑风生"[1]。这些情节初读起来似乎是作者的随意描绘，但当我们把这些情节与美国社会历史语境进行校读时，就会对作者的创作意图有新的领悟。以下从黑人利用心灵食品来追求新的文化身份的社会历史语境探讨艾丽斯·沃克赋予小说的特殊含义。

美国黑人饮食传统的形成经历了一个较长的历史过程。这种饮食传统中既包含了对遥远非洲的记忆，也留有美国奴隶制时代屈辱的痕迹。废奴之后，美国黑人又为自己独特的饮食传统注入新的活力，形成现代社会黑人社区比较稳定的饮食风格和习俗。在 20 世纪 60 年代到 70 年代的民权运动中，美国黑人的饮食也卷入了政治话语之中，被黑人自豪地

---

[1] 张鑫友：《高级英语学习指南》(修订本·第一册)，湖北人民出版社 2000 年版，第 62 页。

称为"心灵食品"。黑人饮食以一种文化载体的身份占据了变幻莫测的民族反抗斗争的政治舞台。

20世纪20年代中期，美国学界开始对黑人饮食习俗展开研究。随着历史上黑人不断向北方工业地区迁徙，一些都市里形成了黑人聚集的社区。纽约、芝加哥和底特律等城市的街头也出现了具有黑人烹调风味的食品。对在北方艰苦而陌生的环境中谋生的黑人来说，南方乡下食品成为他们的精神慰藉，也成为连接和团结黑人的天然纽带。因此，根植在美国南方的黑人食品，在20世纪初的北方也具有广泛的黑人民众基础。美国黑人食品在北方的传播引起了食品研究者的注意。他们首先把部分黑人食品的来源与非洲大陆联系在一起。在他们的想象中，黑人食品中的绿叶蔬菜和根茎类食物与非洲大陆有某种内在的牵连。如美国的羽衣甘蓝、秋葵、萝卜、卷心菜、茄子、黄瓜、番茄、洋葱、西瓜、大蒜和辣椒等都曾在非洲西海岸种植过。他们认为，这可能是美国黑人食品中绿叶蔬菜丰富的根源。[①] 在某些食品中，至今还能够找到它们与非洲联系的一些蛛丝马迹。比如，花生在非洲西海岸被称为"谷吧(guba)"。美国的一些地区至今还将花生称之为"谷吧"。还有人认为美国南方黑人食物虽然产自美国，但却代表着非洲的植物。比如美国的土豆应该代表的是非洲的红薯。

美国学者一般认为，黑人传统食品中丰富的肉食与奴隶制时代的南方种植园环境有密切的关系。早期美国南方种植园中盛行猪的饲养。在19世纪中期的北卡罗来纳州，新到的居民对那里猪的饲养和食用印象非常深刻，在他们眼里北卡罗来纳的树林里到处跑着猪。人们对猪肉情有独钟，节年享客都用猪肉。每年冬季来临，很多种植园都要屠宰生猪，准备过冬的猪肉。据前奴隶乔治·弗莱明(Fleming)回忆，他所在的种植园的熏房里就存放着100多头猪。[②] 在食品短缺的情况下，白人也食用猪头、猪下水等，甚至猪脑也用来做早餐配菜。但是更多的情况则是白人种植园主把不屑一顾的猪头、猪脚和猪下水等丢给黑人奴隶。

① Byars, Drucilla. Traditional African American Foods and African Americans. *Agriculture and Human Values*, 1996, 13(1):74-78.
② Poe, Tracy. The Origins of Soul Food in Black Urban Identity: Chicago 1915—1947. *American Studies International*, 1999, 37(1):4-33.

久之，绿叶蔬菜、根茎类食物、猪头、猪脚和猪的内脏(包括大肠 chitterlings，读作 chitlins)与美洲特有的玉米合在一起，成为美国黑人传统食品的主要成分。

种植园时代也为美国黑人在饮食行为上留下了一些痕迹。大锅煮食是黑人奴隶的主要饮食形式。白天种植园通常将饭送至奴隶们劳作的田头。晚饭食用的大锅饭从早上就炖在火上了。奴隶工作结束从田野回来即可食用。后来黑人传统食品中的水煮食品风格的形成可以从种植园中的大锅饭里得到解释。在奴隶制时代，聚餐在种植园中是黑人生活的一种标志。废奴之后南方的黑人依然保持着聚餐的传统。黑人奴隶在田间劳作，吃饭时缺少餐具，形成啃食玉米和西瓜的习惯。他们在野外也经常随处支起炉架烧烤肉类食品。在 20 世纪 20 年代美国黑人向北方迁徙和融入白人社会的大潮中，黑人的饮食和饮食行为作为一种文化和白人进行过碰撞。在白人看来，黑人的餐饮聚会、食用玉米和西瓜等食物的方式、街头的烧烤等饮食习俗与白人的欧式斯文传统不符。于是黑人的饮食文化在白人公众面前呈现出一种"他者"的负面形象。

然而，很多黑人对自己的饮食感到骄傲。他们认为不论是奴隶时代还是废奴以后，黑人都是美国食品工业的主要力量。在厨房里，黑人在饮食上曾发挥了无与伦比的创作才干。在豪华酒店、游轮、婚宴甚至总统餐桌上都可以看到黑人烹制的精美绝伦的食品。黑人与食品之间的故事是真正的美国文化，是地道的艺术，是美国历史的核心。[①]

第二次世界大战结束后，民权运动在美国逐渐兴起，点燃了黑人对自己饮食文化新的兴趣。过去在人们的印象中，南方的黑人饮食不过是猪头、猪脚、猪大肠、玉米和绿叶蔬菜的杂烩。在北方城市，黑人食品除了可以舒缓一下黑人被压抑的思乡情绪之外，并没有多少可以讴歌之处。而美国民权运动之初，若干黑人积极分子突然意识到黑人的饮食在他们争取平等权利运动中具有重要意义。于是他们开始称颂黑人食品为"心灵食品(Soul Food)"，并且以心灵食品的消费来强调黑人固有的饮食文化。一时间，心灵食品大行其道。心灵食品饭店在新奥尔良、伯明

[①] Puckrein, Gary. Beyond Soul Food. *American Visions*, 1998, 13(4):39.

翰和其他城市纷纷出现。心灵食品被普遍认定为黑人的文化遗产。

二、心灵食品的政治与文化话语

在民权运动中，心灵食品不仅成为黑人文化遗产的组成部分，而且形成独立话语。1962 年，美国黑人文化批评家勒洛依·琼斯(LeRoi Jones)撰文，第一次使用心灵食品一词来批驳所谓黑人无烹调的说法。[①] 自此，很多政治上敏感的黑人从各种不同的角度热情倡导黑人食品。

例如，在那风云变幻的斗争年代，俄勒冈大学的黑人女学生卡勒·格丽(Carla Gary)曾代表 12 名黑人学生要求学校在餐厅的食谱中增加心灵食品一项，以示种族平等。黑人学生要求平等的意愿得到了学校当局的支持，终于在某个星期天学校提供了心灵食品。遗憾的是，俄勒冈大学位于北方，学校餐厅并不知道正宗的心灵食品如何烹制。供食时黑人学生吃到的只是似是而非的心灵食品。多年过后，当卡勒·格丽回忆起此事时说："那天晚上的食品有半生不熟的黑眼豆，嚼起来有些发脆，还有些发硬的红薯和一些其他国家的食品。"[②]

心灵食品牵扯的不仅仅是学生，民权运动时代黑人民众都为之着迷。在纽约的哈林(Harlem)街区，心灵一词成为黑人语言中表达种族优越感的特有词汇。他们称黑人朋友为"心灵兄弟(Soul Brother)"，称黑人音乐为"心灵音乐(Soul Music)"。1968 年当问及什么是心灵食品时，哈林区的黑人厨师欧别·格林(Obie Green)解释说："心灵就是爱，心灵食品是用爱心和感情烹调出来的。"[③] 1969 年美国《新闻周刊》对心灵一词的使用做了一次社会调查。结果显示一半被调查的黑人民众认为黑人种族有一种"特殊的心灵"。这个调查结果曾引起很多白人公众的种族嫉妒，在媒体上不断引发种族与心灵关系的辩论。

美国黑人中产阶级对心灵食品的感情不同于其他阶层。第二次世界

[①] Jones, LeRoi. *Home: Social Essays.* New York, NY: Morrow, 1966, pp.101-104.

[②] Harmon, Corey. *The Struggles and Demands of Black Students at the University of Oregon*, 2005-03-13, http://scholarsbank.uoregon.edu.

[③] Maycock, James. Pop: Tales from the Funky Side of Town. *The Independent* (London), 2000-06-16, p.14.

大战后，一些美国黑人步入中产阶级行列，于是出现黑人性(blackness)的问题。1957 年，美国黑人社会学家爱德华·傅拉泽(E. Franklin Frazier)将富裕起来的黑人称为黑人资产阶级，并贬斥其行为为同化主义(Similationism)。这多少造成黑人民众内部在阶级关系上的隔阂。在民权运动中，黑人中产阶级在心灵食品上看到了缓解黑人内部阶级矛盾的希望。他们知道在心灵食品里埋藏着黑人被压迫被剥削的共同历史。因而在 20 世纪 60 年代中，黑人中产阶级特别积极地利用心灵食品的消费从种族上界定自己为黑人，与白人划清界限。[①]

在南方的都市里，民权运动催生的心灵食品饭店吸引着普通黑人民众，也吸引着黑人运动的领袖们。佐治亚州首府亚特兰大市曾经被称为黑人的市政厅。这里的心灵食品饭店帕斯科(Paschal's)不仅提供丰富的心灵食品，而且是黑人民权运动领袖们的聚会地点和发表政治言论的公共空间。据马丁·路德·金的遗孀科莱塔·金(Coretta King)的回忆，这家饭店是民运领袖们分享玉米面包的地方。马丁·路德·金就是在这里和他的助手们策划了从莎尔玛到蒙哥马利(Selma to Montgomery)的游行进军，并导致 1965 年选举权法案的通过。作为民权运动领导人会面的地方，心灵食品饭店为改变美国种族关系起到了有益的作用。[②]

虽然心灵食品被很多黑人视为文化遗产而受到拥戴，然而却不是所有黑人都赞成的。反对的声音主要来自"伊斯兰国家组织(The Nation of Islam)"的不融入主义的饮食政策。民权运动高涨的 20 世纪 60 年代，很多美国黑人放弃了基督教所代表的白人价值观，寻找新的宗教和意识形态体系来寄托政治理念。成立于 20 世纪初的伊斯兰国家组织正好在诸多层面上能够满足北方城市下层黑人民众精神上的需求，因而吸引了很多黑人追随者。这意味着大批黑人民众注定要在精神上经历一场关于饮食的意识形态风暴。因为在伊斯兰国家组织中黑人的食品与宗教、身份、历史、种族、性别和阶级等问题纠缠在一起，占据了当时社会话语的中心场所。在黑人文化旗手勒洛依·琼斯发表讴歌心灵食品的文章

[①] Henderson, Laretta. Ebony Jr! and Soul Food. *Melus*, 2007, 32(4):81-97.
[②] Younge, Gary. Civil Rights Kitchen Serves Last Supper. *The Guardian* (London: Guardian Foreign Pages), 2003-08-04, p.12.

时，伊斯兰国家组织的首领伊利亚·穆罕默德(Elijah Muhammad)却发表文章，反对心灵食品。在一篇题为"黑面包与白面包"的文章中，伊利亚·穆罕默德赞扬了富于营养的黑面包，痛斥了人为的白面包。伊利亚·穆罕默德攻击白面包的目标是破除心灵食品。由于后来心灵食品增加了鸡翅、奶油和白面包，因此在穆罕默德看来心灵食品和白人的食品是相互联系的，破除心灵食品就是彻底和白人决裂。同一时期，伊利亚·穆罕默德又相继发表"怎样饮食和生活"两篇同名文章，把食用猪肉提高到反对安拉的高度。他引用《可兰经》"勿食腐肉、猪肉和动物血"的经典来排斥黑人心灵食品。他声称心灵食品与白人的食品没有多大的区别，而食用白人的食品就是对黑人兄弟的杀戮。那些蜂拥而至的黑人追随者，要想成为穆斯林，首要条件就是摈斥猪肉。伊利亚·穆罕默德还从奴隶制的角度教导他的社区排斥猪肉。在他看来，猪大肠、猪蹄和猪下水是种植园时代白人奴隶主丢弃的食品，代表黑人的屈辱。摈弃心灵食品就是割断奴隶身份的情结。[①]

伊利亚·穆罕默德的主张在北方黑人民众中有很大的影响。著名黑人民权运动领袖马尔科姆·X早先就是听从了伊利亚·穆罕默德的教导后放弃食用猪肉的。至今我们还可以读到马尔科姆·X在狱中宣布放弃猪肉那一刻的生动情景。他在自传中回忆道：他和其他狱友坐在餐桌前，一盘猪肉在传递着，"我犹豫了，猪肉盘子在眼前传递，然后我把盘子传给下一位，他开始食用，忽然他停了下来。惊奇地看着我，我对他说'我不吃猪肉'"[②]。后来马尔科姆·X在伊斯兰国家组织内部地位迅速上升。他接过伊利亚·穆罕默德的接力棒，以雄辩的口才继续在黑人中宣传心灵食品包含着屈辱的历史联想。1963年10月，他发表著名的演讲——"给草根们的信"(Messages to Grassroots)。他把种植园时代的黑奴分为田奴和家奴。他描述说，家奴和主人一起吃饭，待遇要好一些，但是"田奴吃的是白人剩下的猪内脏，被称为

---

① Muhammad, Elijah. *How to Eat to Live (No.2)*. Chicago, IL: Muhammad's Temple of Islam, 1972(2), unpaged.
② Haley, Alex. *The Autobiography of Malcolm X (As told to Alex Haley)*. New York, NY: Ballantine Books, 1999, p.168.

吃大肠者(gut eater)"①。马尔科姆·X 这段讲话的本意是讽刺当时主张非暴力运动的马丁·路德·金，讥其为白人的家奴，但是其中也明确表示田奴食用的大肠等是白人吃剩下的东西。他暗示黑人应该远离这种羞辱。

对心灵食品的非议，除了来自黑人穆斯林外，还来自其他黑人民权运动领导人。美国著名黑人戏剧演员、民权运动活动家迪克·格雷格里(Dick Gregory, 1932—)对心灵食品的强烈反对也构成美国食品文化话语中的一种力量。20 世纪 60 年代末 70 年代初，迪克·格雷格里对心灵食品的疏远主要出于政治、道德和健康等三种考虑因素。与穆斯林组织相同，在社会历史层面上迪克·格雷格里也认为心灵食品是奴隶时代黑人的垃圾食品，不值得骄傲。在道德层面上，他赞成马丁领导下的非暴力运动，并且坚信非暴力就意味着反对任何形式的杀戮。在他看来动物和人类在生老病死上是一样的，暴力会引起同样的痛苦和流血。食用猪肉就会导致对动物的戕杀，是与非暴力运动不相符合的。此外，健康因素是迪克·格雷格里最关心的问题。他从素食者角度指出，肉食，尤其是黑人的心灵食品中的猪内脏对健康不利。黑人社区糖尿病、肥胖和心脏病的高发率就是证据。他不无幽默地说，最快的方法消灭黑人民族就是让黑人吃心灵食品。② 1964 年，迪克·格雷格里的《自传》出版，很快就销售 700 万册。迪克·格雷格里成为公众人物。他在黑人饮食问题的争论中所主张的素食主义一直有着广泛的影响。1973 年，迪克·格雷格里的《黑人的自然饮食》一书出版，一时洛阳纸贵，成为很多素食主义黑人的饮食圣经。随后，美国的素食心灵食品店如雨后春笋般遍及黑人社区的街头坊肆之间。1973 年已经是美国民权运动徐徐拉下帷幕的时候了。围绕黑人心灵食品而产生的激烈的争论也逐渐为更加理性的思考所代替。就是在这样的社会语境中，沃克发表了脍炙人口的《外婆的日用家当》。她把刚刚发生在民权运动中包括黑人饮食话语在内的一幕幕社会场景镶嵌在了小说之中。

① Breitman, George. *Malcolm X Speaks: Selected Speeches and Statements*. New York, NY: Grove Press, 1994, pp.3-18.
② Witt, Doris. *Black Hunger: Food and the Politics of US Identity*. New York, NY: Oxford University Press, 1999, p.134.

三、心灵食品的文学寓意

　　艾丽斯·沃克曾经亲身经历和积极参加了民权运动。她对心灵食品在黑人争取平等权利的斗争中所扮演的角色了如指掌。在《日用家当》中她描写了三个人物的饮食细节。每个细节当中都可以看出沃克匠心独运的寓意。第一，妈妈的饮食代表了很多美国南方黑人妇女的饮食习惯。她的饮食里明显带有种植园时代留下的痕迹。迪伊所享用的心灵食品大餐是妈妈亲手烹制的。黑人家庭在亲友相聚的时候，享用传统的心灵食品是一种长期留下来的习惯，和民权运动没有必然的关系。但是，妈妈除了烹饪和食用心灵食品外，她还能够取出刚屠宰的猪的内脏，然后把还冒着热气的猪肝，在明火上烤着吃。^① 这样妈妈粗放的饮食特点必然令人想起种植园时代奴隶们的生存境况，成了妈妈人物塑造的点睛之笔。正是这个原始的肉食摄入习惯使妈妈这个肥胖的老式南方黑人妇女形象跃然纸上。第二，沃克对迪伊食用心灵食品的情节赋予了特别的含义。从《日用家当》的上下文来看，迪伊在文化层面上积极追求独立的黑人文化身份。她身穿肯尼亚长袍，并以此来区别自己和白人的服饰。她的发式是在民权运动中为表现民族骄傲而风靡一时的非洲爆炸式(the Afro)。她使用乌干达语而不是英语和母亲打招呼，表明她正在挑战英语作为美国黑人语言的权威性。她把自己的名字从迪伊改为"万杰罗·李万里卡·克曼乔"，表示她对压迫她的人给她取的名字的反抗。沃克在小说里几乎没有正面描写迪伊在民权运动中的活动，而是用与迪伊有关的服饰、发式、语言和名字等文化符号来表现她对民权运动的热情。而在饮食情节上，沃克对迪伊谈笑风生地享用猪大肠、玉米和红薯的描写，也不是为了简单地描写迪伊对食品的贪恋。这个情节潜在的含义可以解释为，迪伊不仅在多种文化层面上与白人不相容纳，即便是在饮食上，她也不忘追求自己独立的文化身份。第三，迪伊的穆斯林男友对饮食的态度也不是随意的描写。迪伊和她男友在饮食上的不同微妙地

---

① 张鑫友：《高级英语学习指南》(修订本·第一册)，湖北人民出版社 2000 年版，第 57 页。

象征着黑人在争取平等权利过程中内部的一些分歧。当迪伊的男友表示不吃羽衣甘蓝,猪肉也不干净,对心灵食品无兴趣时,他其实是在对自己的政治立场进行表述。作为一个穆斯林,他的做法符合民权运动中伊斯兰国家组织首领伊利亚·穆罕默德关于食品的教诲。此外,沃克把拥护心灵食品的迪伊和反对心灵食品的男友撮合在一起也不是一种偶然。在这里,沃克显然在告诉读者,在如火如荼的民权运动时代,黑人内部存在着各种不同的政治流派和思想主张,但是这并不影响黑人为了共同的斗争目的,并肩战斗在一起。这正如沃克在其他作品中对暴力运动和非暴力运动的看法一样。暴力和非暴力是黑人在争取平等权利道路上的两种不同的方法。方法虽然不同,争取平等权利的目的却是一样的。

在现实中,作为黑人中产阶级的一员,艾丽斯·沃克本人的家庭在民权运动中就对心灵食品爱戴有加。这在艾丽斯·沃克的女儿丽贝卡·沃克(Rebecca Walker)的《黑人、白人和犹太人:一个种族游移者的自传》中有所反映。那是 1969 年丽贝卡·沃克一岁生日的一天。丽贝卡的父亲去心灵食品店买回一包猪大肠。丽贝卡·沃克回忆说:"妈妈(艾丽斯·沃克)把我放在带有圆滑弯曲扶柄的高椅上,向我嘴里一块块地塞入浅灰色的猪大肠。这时爸爸就坐在桌旁看着发笑。"[①] 在这里,沃克女儿的自传为我们提供了一个信息,即作为黑人妇女民运的积极参加者,沃克本人对当时的心灵食品话语了解十分透彻。她经历了中产阶级黑人利用心灵食品强调自己种族归属的实践。此外,沃克对于其他食品也有自己独特的看法。比如,虽然艾丽斯·沃克对心灵食品有着一份独特的情感,她却忌食牛肉。当后来沃克被问及为什么不吃牛肉时,她说有一次见到母牛保护小牛受到感动,因而不食牛肉。同时,她强调自己"吃猪肉,特别是猪肉香肠"[②]。开始,我们对沃克的饮食理念颇感费解。后来在一首美国南部黑人说唱歌曲《心灵食品》中,我们对沃克的饮食偏好似乎找出了解释。这是一首充满了讴歌心灵食品、排斥白人食品和表现黑人民族自豪感的叙事长歌。歌曲结尾唱道:"来吧,享用

[①] Walker, Rebecca. *Black, White and Jewish: Autobiography of a Shifting Self.* New York, NY: The Berkley Publishing Group, 2000, pp.9-10.

[②] Gregory, Nicole. One-on-one with Alice Walker. *Vegetarian Times,* 2008 (Jan./Feb.): 46-48.

心灵食品吧，因为我不吃牛肉。"[1] 在此我们看到，在特定的文化背景下，食用心灵食品还是食用牛肉虽然是一种个人的选择，但对部分黑人来说食用牛肉代表着白人的饮食传统，选择心灵食品而拒绝牛肉则反映出一种民族的反抗精神。

　　总之，《日用家当》中关于饮食的若干场景描写不能简单地理解为个人的饮食习惯。艾丽斯·沃克在进行小说创作时，她笔下的心灵食品意象中存在着多重含义。我们经过对小说文本及其社会语境的对读，认为《日用家当》对饮食偏好的描写意在通过物化的文化符号表现作品中人物不同的政治取向。这种描写既有作者对民权运动中黑人通过饮食表达民族反抗精神的嘉许，也包含对青年一代政治上盲目而幼稚的轻微责备，更包含对奴隶制度的深刻批判。

81

---

[1] Goodie Mob (Musical Group). *Soul Food* [CD]. New York, NY: LaFace Records, 1995.

第六章　精神皈依的新选择

　　正是基督教奴役了所谓的美国黑人，正是基督教奴役了
非洲黑人，以及世界上所有黑人。正是这个宗教一直充当着
奴役和愚昧地球上所有黑人的工具，这个宗教就是基督教。

——伊利亚·穆罕默德①

　　《外婆的日用家当》是展示 20 世纪 60 年代美国黑人文化运动万花
筒式的作品。黑人内部的团结问题，在这篇作品中的展示是由迪伊和她
的穆斯林男友的联姻所暗示的。美国黑人穆斯林在民权运动中是一支重
要的政治力量，他们在诸多的政治和文化问题上发表着自己的见解。
从无可争议的领袖伊利亚·穆罕默德那里、从雄辩激昂的代言人马尔
科姆·X 那里，我们可以找出民权运动中黑人关注的一切问题的所在。
美国黑人穆斯林极大地影响着黑人运动的走向，也影响着关心黑人运
动的作家的创作心理。当我们依照《日用家当》中的对话、情节和涉
及的情景回到当时的社会，追溯它们的源头时，《日用家当》这个文
本的含义会更加丰富，小说的作者艾丽斯·沃克为何安排迪伊找一个
穆斯林男友的隐含意义自然彰显出来。

---

① Muhammad, Elijah. A Speech at Los Angeles on 14th April, 1961. *Muhammad Speaks*, http://www.muhammadspeaks.com, unpaged.

一、美国黑人新社区的成长

艾丽斯·沃克在《日用家当》中安排了一个反映美国黑人在民权运动中放弃基督教而皈依伊斯兰教的情节。[①] 以往论者对这个黑人文化重建的情节没加以更多的探究,因而影响了对小说思想性的理解。在这里我们又一次进入历史,对美国社会相关语境进行梳理和分析,并发现皈依伊斯兰这个情节再现了当时黑人穆斯林社区的发展和民权运动的某些真实境况。这个情节隐含了作者艾丽斯·沃克对民权运动中黑人各派内部争论的容忍,以及作者对民权运动中黑人团结的向往。

重建穆斯林社区是 20 世纪以来美国黑人追寻文化身份的结果。黑人穆斯林在非洲奴隶贸易期间大量流入美国。据估计,当时贩卖到美国的黑人奴隶中的 30%来自西非穆斯林控制的国家。随着时间的推移,黑人奴隶在转售、迁移和被奴役过程中经历了自身的文化沦丧。在白人强势文化的包围中,黑人奴隶的穆斯林遗产逐渐遗失。他们信奉的伊斯兰宗教成了遥远的文化记忆。尽管一些研究表明信仰伊斯兰教的黑人在美国自始至终都曾经存在[②],但在废奴前后,能够保持穆斯林传统和伊斯兰信仰的黑人社区已经屈指可数。而大规模皈依伊斯兰、重建穆斯林社区则是 20 世纪以来美国黑人重建自己文化身份的结果。穆斯林社区的重现和皈依伊斯兰运动大至与以下几种情况相关。

黑人穆斯林社区的重建受到来自穆斯林国家和地区新的移民浪潮的影响。从 19 世纪 60 年代开始,叙利亚和黎巴嫩地区的很多穆斯林居民为躲避土耳其的兵役纷纷出逃,成为新的移民,踏上了美国的领土。这种情况一直持续到第一次世界大战中奥斯曼帝国(1516—1918)的结束。这些来自西亚地区的移民尽管不是黑人,但是他们的到来为美国播下了新的伊斯兰种子。以后,世界各地穆斯林国家和地区的居民为躲避国内外政治经济等问题的困扰纷纷选择移民到美国定居。这些移民构成

---

① 张鑫友:《高级英语学习指南》(修订本·第一册),湖北人民出版社 2000 年版,第 56-65 页。
② Perry, James A. African Roots of African-American Culture. *Black Collegian*, 1998, 29:145-146.

美国主要的穆斯林社区的人口来源。根据美国的人口调查显示，到 2000
年为止，美国约有 700 万穆斯林人口，其中 26％为来自西亚和阿拉伯
地区的移民和他们的后裔，另有 26％为来自南亚印巴地区的移民和他
们的后代。穆斯林社区的重建和伊斯兰教在美国的传播为黑人文化身
份的选择提供了一个新的蓝本。经过长期的发展，皈依伊斯兰的美国
黑人穆斯林占到了美国穆斯林人口的 24％。

　　应该指出，黑人穆斯林社区的重建特别受到 20 世纪以来美国伊斯
兰教社团的影响。美国黑人奴隶的后代转向伊斯兰教的动力最先来自
伊斯兰国家组织(The Nation of Islam)。20 世纪 30 年代初，美国人华
莱士·法德(Wallace Fard Muhammad, 1877—1934)成立伊斯兰国家组
织，在北方工业城市向黑人民众宣传伊斯兰教。他的基本说教是：基督
教是白人奴隶主手里用以控制黑人思想的工具。在奴隶制中，黑人失去
了自己原有的伊斯兰教，现在他们应该回到伊斯兰教。他宣称白人是魔
鬼，是邪恶的化身。黑人的唯一希望是彻底与白人分离。[①] 此时的美
国正在经受着经济危机的困扰。白人和黑人之间因为食品、住房和工作
机会的竞争十分激烈，种族冲突不断加剧。经济危机使黑人成了最明显
的受害者。北方工业城市芝加哥和底特律等地的黑人社区陷入绝望。[②]
故此，华莱士·法德的准伊斯兰教的宣传立即吸引了大批的黑人追随
者。华莱士·法德在底特律的第一个伊斯兰教堂/清真寺很快就使
8000 名美国黑人皈依了伊斯兰教。1934 年，华莱士·法德的继承者
伊利亚·穆罕默德(Elijah Muhammad, 1897—1975)开始主持伊斯兰国家
组织事务，直到他 1975 年去世。在此期间，伊斯兰国家组织尊奉它的
第一代创始人华莱士·法德为降临人世解救黑人的救世主(Mahdi)，而
尊奉伊利亚·穆罕默德为上帝的使者。在伊利亚·穆罕默德的任期内，
伊斯兰国家组织似乎更强调黑人是优秀种族这样一种政治理想，而对
《可兰经》宗教意义的阐释则放在次要的位置。不过就是在这样的一种
政治理想高于宗教理念的伊斯兰组织的感召下，黑人穆斯林社区不断扩

[①] Peck, Ron. *Shadow of the Crescent: The Growth of Islam in the United States.* USA:
CMM, 1995, pp.1-19.
[②] Turner, Richard Brent. From Elijah Poole to Elijah Muhammad: Chief Minister of
Islam. *American Visions*, 1997, 12(5):20-22.

大，伊斯兰教堂/清真寺数目不断增加。皈依者大部分为 17—35 岁的没有受过良好教育的黑人青年。尽管由伊斯兰国家组织所召集的伊斯兰教并不重视《可兰经》经义，但它成为美国黑人皈依伊斯兰的重要推动力量却是不可否定的。20 世纪 60 年代，由于伊斯兰国家组织杰出的活动家马尔科姆·X 的号召，美国黑人皈依伊斯兰蔚然成风。伊斯兰国家组织的分支机构蔓延美国各大城市。至 1975 年伊利亚·穆罕默德去世之际，伊斯兰国家组织在全国已经拥有上百万黑人穆斯林追随者，分属建立在美国的 70—80 个教堂/清真寺。[①]

20 世纪 60 年代，美国民权运动的发展激发了更多的穆斯林社团的活动，各种黑人穆斯林组织遍及美国各州县，如达鲁(Darul)伊斯兰运动、北美伊斯兰党(Islamic Party of North America)、伊斯兰兄弟会有限公司(Islamic Brotherhood, Inc.)、哈纳法和苏法团体(Hanafi and Sufi Groups)等都在美国黑人社团中占据一定位置。此外，还有全美有色人种协会(NAACP)、全国城市联盟(NUL)、争取种族平等大会(CORE)等黑人社团。[②]尽管伊斯兰国家组织还是穆斯林社区的重要组织者，但由于其信仰的偏激，内部组织出现分化。1964 年，马尔科姆·X 与伊利亚·穆罕默德意见不合，离开伊斯兰国家组织，自行筹建穆斯林清真寺，并从伊斯兰国家组织带走众多信徒。1974 年，伊斯兰国家组织权力三传至华里士·迪恩(Warith Deen Mohammed)。华里士·迪恩刚一接手伊斯兰国家组织便着手将其改造为信奉《可兰经》的正统伊斯兰。他放弃了黑人高等种族原则，鼓励黑人穆斯林进入美国政治进程。不久，华里士·迪恩又将组织改名为"西方伊斯兰世界区"(WCIW)，组织总部设在加州洛杉矶，其成员包容不同种族，但仍以黑人为主。而伊斯兰国家组织旧部约 3 万人，仍固守旧有信念。他们另择路易斯·法拉汉(Louis Farrakhan)为首领，仍用伊斯兰国家组织名号，视白人为恶魔，以黑人为高等种族，仍然以不融入的分离主义为宗旨。进入 20 世纪末，尽管穆斯林社区成长迅速，但是路易斯·法拉汉的伊斯兰国家组织规模却有所缩小，力量远不如从前。而且

---

① Haddad, Y. Y. A Century of Islam in America. *Hamdard Islamicus*, 1997, 21(4): 1-12.
② Nyang, Sulayman S. Muslim Community in the United States: Some Issues. *Studies in Contemporary Islam*, 1999, 1(2):57-69.

很多正统穆斯林甚至不承认其为真正的伊斯兰组织。[①]

二、和平融入与暴力革命

由于伊斯兰国家组织的组织形式严密、反抗精神强烈、存在时间长久，在黑人穆斯林当中影响最大。伊斯兰国家组织的不少政策在美国社会留下了明显的烙印。在文化政策上，它认为奴隶名字的使用是黑人文化崩溃和黑人受到心灵摧残的核心象征。因此，在伊斯兰国家组织初期，华莱士·法德便经常授予他的追随者以新的名字，并以此方式赋予黑人穆斯林以新的文化身份。它的第二代领导人伊利亚更要求所有的追随者都将自己的姓氏改为 X，以告别其奴隶名字。伊斯兰国家组织宣称 X 象征着黑人在非洲被强制为奴后丢失的原来的身份，当他们取得新的名字后，一个新的机会世界就会向他们敞开。[②] 在伊斯兰国家组织的影响下，彻底摈弃奴隶时期白人给起的名字，改为非洲穆斯林的名字成为这一时期民权运动活跃分子寻求新的民族文化身份的流行做法。关于名字更改，我们稍候专章讨论。

在经济上，伊斯兰国家组织致力于自给自足的政策。它认为黑人要摆脱贫困和对白人社会的依附，必须建立黑人自己的工商业，从而能为黑人成员提供工作机会。伊斯兰国家组织最初的经济收入来自其成员的强制捐献。伊利亚并且强烈要求老年追随者将自己的家产和其他房地产遗留给伊斯兰国家组织。在 20 世纪 60 年代初期，经过一段时间的努力，该组织在底特律得到几处房地产，购进一些商铺和饭店。其经济收入使伊利亚·穆罕默德能够拥有每期发行量达到 2.5 万份的黑人周刊《匹兹堡快报》(Pittsburgh Courier)。此外，伊斯兰国家组织有个庞大的农业发展计划，即通过拥有足够的耕地来供养美国几千万黑人的衣食。1964 年，伊利亚·穆罕默德推行其三年经济积累计划。他号召部下黑人每人每月贡献 10 美元，用于购置农场。其中一块农场有 4500 公顷土地，

[①] Peck, Ron. *Shadow of the Crescent: The Growth of Islam in the United States.* USA: CMM, 1995, pp.1-19.

[②] Turner, Richard Brent. From Elijah Poole to Elijah Muhammad: Chief Minister of Islam. *American Visions*, 1997, 12(5):20-22.

坐落在佐治亚州西南部的特雷尔县(Terrell)，称为穆罕默德农场(Muhammad Farms)。大概是由于经营管理不善，这个农场规模逐渐缩小。至路易斯·法拉汉 1991 年重新振兴其农业项目时，这块农场的土地已经缩小到了 1556 公顷。尽管这块东西长 1.75 英里、南北宽 2 英里的农场在规模上远不如昔，但是它的存在体现着伊斯兰国家组织的经济自治的理念。[①]

伊斯兰国家组织在政治上采取种族反抗的不融入政策。它的政治纲领视白人如恶魔，拒绝与白人合作。进入 60 年代的民权运动中，伊斯兰国家组织的激进的民族主义政策在诸多黑人社团中显得特别的锋芒外露。特别值得提到的是其领袖之一马尔科姆·X，他的激昂雄辩的演讲不但吸引了更多的黑人加入穆斯林社区，其思想也与著名黑人民权运动领袖马丁·路德·金的非暴力追求种族平等的精神形成鲜明的对照。1963 年 8 月，马丁·路德·金发表"我有一个梦想"的著名讲演，表达了他的融入主义的理想："以前奴隶的儿子、奴隶主的儿子将会如兄弟一样坐在桌边，共同祈祷，共同斗争，共同入班房，共同争取自由"[②]。对此，马尔科姆·X表示激烈的反对。同年 11 月，在"给草根们的信"的演讲中马尔科姆·X 告诫黑人，黑白矛盾是不可调和的。并针对马丁·路德·金的非暴力主张，他大力宣扬流血革命。[③] 1964 年 4 月马尔科姆·X又发表了"投票或投弹"的演讲，回应了马丁·路德·金的美国梦。他怒吼道："我们看不见美国的美梦。我们看见的是美国的噩梦。"[④] 他在讲话中指名道姓批评马丁·路德·金为白人所用，强调要进行黑人民族主义暴力革命。

马尔科姆·X 和马丁·路德·金在此时都拥有大量的追随者。而两人争取黑人权利的理念却截然不同。马尔科姆·X 代表着伊斯兰国家组织的不融入主义和以暴制暴的黑人民族主义思想，而马丁·路德·金则代表着共同参与的非暴力融入主义思想。在民权运动的高潮年代，

87

① NOI. The Three Year Economic Saving Program, 2008-10-10, http://www.noi.org.
② King, Martin Luther. *A Testament of Hope: The Essential Writings and Speeches of Martin Luther King, Jr.* San Francisco, CA: Harper, 1990, pp. 217-220.
③ Breitman, George. *Malcolm X Speaks: Selected Speeches and Statements.* New York, NY: Grove Press, 1994, pp.3-17.
④ Ibid, pp.23-44.

这两位卓绝的黑人领袖的政治意见分歧，使得民权运动内部出现明显的分化。

三、艾丽斯·沃克的理想与愿望

在《日用家当》中的皈依伊斯兰这个情节中,前后出现几个象征性的场景。读者发现这些场景都与伊斯兰国家组织倡导的不融入主义和以暴制暴的黑人民族主义思想密切联系。第一,小说一开始就交代了女主角迪伊有着基督教的背景。她能够受到学校教育完全是由于她母亲所在教会资助的结果。然而,当她回家时却带回来一个穆斯林黑人男友(或丈夫)。过去,有的研究者谈到这个场景时,都认为这反映了迪伊背叛了自己原来的家庭宗教信仰,皈依了伊斯兰。在这里,笔者不同意这种看法,而宁愿把迪伊结交穆斯林男友看成是一种主张非暴力的黑人运动与主张暴力的黑人运动的一种联姻。第二,是关于更改奴隶名字场景。迪伊回到家中便声称"再也不能忍受那些压迫我的人给我的名字了"。她已经改了一个非洲名字叫"万杰罗·李万利卡·克曼乔"。而她男友也有一个非洲穆斯林的名字叫"阿萨拉马拉吉姆"。过去,研究者把迪伊和她男友的名字更改视为一种同质行为。而笔者在这里提出不同的看法。即迪伊的男友更改名字和使用穆斯林名字的情景和当时民权运动中伊斯兰国家组织的倡导相吻合。而迪伊的名字更改和伊斯兰国家组织的号召没有关系。因为以名字更改的方式来隔断黑人奴隶耻辱历史的主张不仅仅是伊斯兰国家组织一家的号召。美国民权运动中多个黑人团体以不同的名目都在号召黑人更名。这里迪伊和她男友的更名不是出于一种动机,但是,他们用更名来反抗白人种族主义压迫的理念却是相同的。第三,小说《日用家当》的背景是设在美国南部的佐治亚州。伊斯兰国家组织所购置的 4500 公顷的农场就坐落在这个的地方。此时,这个穆斯林黑人经营的农场里正在发生着严重的种族冲突。那些穆斯林黑人每日忙着喂牲口,修篱笆,扎帐篷,堆草料。当地白人毒死了一些穆斯林农场的牛,那些黑人便采取了以暴制暴的办法,"彻夜不眠地端着枪戒备"。当母亲问迪伊的男友是否"属于马路边的那些养牛部族"的穆斯林时,迪伊的男友表示"我接受他们的一些观念"①。这个场景不但反映了伊斯兰国家组织黑人经济自治的活动境况，也是当时黑人暴力反抗的实录。以上几个场景都将迪伊的男友在民权运动的活动指向不融入的激进主义。这与作者艾丽斯·沃克本身在民权运动的政治立场正相反。

　　学生时代的艾丽斯·沃克自己也积极参加了民权运动。她的政治取向在民权运动内部矛盾的对立中是站在非暴力融入主义立场上的。艾丽斯·沃克在 1961 年到 1962 年尚是斯佩尔曼学院(Spelman College)的学生时便参加马丁·路德·金号召的游行、和平进军和登记黑人选民等工作。马丁·路德·金 1963 年在"我有一个梦想"的演讲中对向华盛顿进军的民权运动积极分子发出"回到密西西比，回到佐治亚"的号召。在 20 世纪 60 年代末和 70 年代初，艾丽斯·沃克从劳伦斯大学毕业。她响应了这个号召，两度回到南方，住在密西西比和佐治亚，进行黑人选民登记工作。② 艾丽斯·沃克的非暴力融入主义的政治取向在《日用家当》中的反映便是在小说中对不融入的激进主义行为进行的嘲讽。我们注意到，艾丽斯·沃克在描述迪伊结交穆斯林男友时，利用母亲之口对迪伊的更名和其男友的穆斯林名字进行了淋漓尽致的嘲讽与挖苦。母亲对迪伊的非洲名字是不认可的，她甚至以讥讽的口吻称迪伊为"万杰罗小姐"。母亲对迪伊男友的穆斯林的名字更是加以夸张地调侃。母亲说那个穆斯林名字有"两倍那么长，三倍那么难念"，听起来发音像个理发师。对于这个皈依了伊斯兰教的迪伊的男友的相貌及行为，母亲更有一些嘲讽的描绘。那个穆斯林男友是个矮胖的男人，他的一英尺长的头发"像一只鬈毛的骡子尾巴"。吃饭时，穆斯林男友立即声明"不吃羽衣甘蓝，猪肉也不干净"，可是迪伊"却是猪肠、玉米面包、蔬菜，什么都吃"。③ 在母亲眼里，可能迪伊和她男友是属于一类的，他们由于参加了民权运动，由于新的主张而与普通的南方黑人母

89

---

① 张鑫友：《高级英语学习指南》(修订本·第一册)，湖北人民出版社 2000 年版，第 56-65 页。
② Hendrickson, Roberta M. Remembering the Dream: Alice Walker, Meridian and the Civil Rights Movement. *MELUS*, 1999, 24(3):111-128.
③ 张鑫友：《高级英语学习指南》(修订本·第一册)，湖北人民出版社 2000 年版，第 56-65 页。

亲之间存在着隔阂,反映出这一对年轻人积极参加民权运动的行为并不为普通的保守的黑人群众所理解。但是在作者沃克眼里他们却是不一样的。他们对黑人心灵食品的不同态度表明他们代表了黑人运动中的两个派别，即迪伊代表着以马丁·路德·金领导的南方非暴力融入主义的黑人运动，而迪伊的男友则代表着北方马尔科姆·X领导的激进的分离主义的黑人运动。在艾丽斯·沃克创作《日用家当》的 20 世纪 70 年代初期，美国的黑人民权运动内部发生的纠纷愈演愈烈，令很多黑人感到不安。他们希望看到一个团结的黑人运动，看到黑人各派的领导人能够携起手来共同完成他们的历史使命。我们在阅读《日用家当》时似乎感觉沃克也对当时黑人内部的分裂有着一种忧患。迪伊的男友在小说中本来是个衬托的角色，是个可有可无的人物。他之所以没有淡出画面，并以穆斯林的形象、与迪伊联姻的男友的身份出场，其中蕴含着沃克的希望和愿望。她希望黑人各派能够像迪伊和她男友一样联合起来，尽管他们之间意见不同，争取平等权利的方法有所不同，但是他们的目的是一样的，他们之间没有正确与错误之分，他们都是黑人运动的组成部分。

第七章　迪伊更改名字的历史解析

> 这期间我从芝加哥收到了我的名字 X。这个穆斯林的 X
> 代表被淹没的真正非洲名字。对我来说这个 X 取代了我名字
> 中的 little，那是一个叫做 little 的蓝眼白人主子强加给我祖上
> 的名字。我接受 X 这个名字……意味着自此以后，我将被叫
> 做马尔科姆·X。
>
> ——马尔科姆·X[1]

莎士比亚在剧作《罗密欧和朱丽叶》中有一句著名的台词"名字里
包含的是什么"。其实这句台词所提出的问题，在现实中一直为人们所
关注。真的像朱丽叶所言"是玫瑰，就会芳香。给她换个名字她依旧芳
香"吗？美国黑人关注自己的名字，不仅是因为名字和它所代表的身体
之间有联系，而且有至关重要的联系。据美国近期研究表明，美国企业
人力资源部门在招聘时，只从应聘者的名单中就可以决定让谁参加面
试。那些黑人名字得到的面试机会，比白种人要少得多。黑人在名字上
受到的屈辱，以及他们为更改名字而做出的努力曾持续了上百年。在《日
用家当》中，迪伊更改名字是个令人印象深刻的情节。然而，中国和域
外的批评者，却没有对这个情节作出令人信服的解释。本章再一次从文
本走入现实社会，以真实诠释文本，使迪伊的更名情节得到合理的解释。

---

[1] X., Malcolm. *The Autobiography of Malcolm X*. New York, NY: Ballantine Books, 1999, p.214.

一、代表美国黑人集体反抗的更名

  《外婆的日用家当》自 1973 年问世以来一直吸引着国内外学界的关注，除了对作品的主题进行探讨外，更有学者对小说中迪伊的更名和使用非洲语言等问题展开专题研究。挪威学者海尔加·候尔认为小说中迪伊(Dee)使用的非洲名字"**万杰罗·李万利卡·克曼乔**"(Wangero Leewanika Kamanjo)来自东非部落，她问候妈妈时所用的语言也是非洲东部的语言。候尔因而认定迪伊的更名和使用非洲语言是肤浅的行为，因为她不懂当初美国黑人奴隶大部分来自非洲西部。如果迪伊真正要寻找她的文化根源，她也应向非洲西部寻求，而不应使用和她祖上毫无关系的东非语言和名字[①]。美国学者芭芭拉·克里斯蒂安(Barbara T. Christian)也认为，迪伊这个名字在美国她的祖辈中已经流传了好几代，比她的非洲名字包含着更多的黑人文化遗产。[②] 国内学者王晓英(2005)、王雅礼(2007)和李洁平(2007)等也都认为迪伊放弃祖辈留下的名字而改为非洲名字是肤浅、无知或错误的表现。而张峰和赵静(2003)、张瑛(2008)、温军超(2008)和颜文娥(2008)等学者对迪伊更名的看法则直接引用候尔的学术观点。[③] 由此可见，候尔等在迪伊更名的问题上所主张的"肤浅无知论"流传颇广。然而，笔者从新历史主义批评的视角对此提出不同的看法，即迪伊的更名不是出自她个人一时肤浅和无知的冲动，它代表着美国黑人历史上对种族压迫的文化反抗传统。在民权运动中，美国黑人的更名和学习非洲语言等重塑文化身份的努力更是在泛非主义旗帜下展开的，它和非洲人民反殖民主义压迫之间有着天然的联系。迪伊的更名和学习非洲语言的意义需要进行话语分析才能彰显。

  《日用家当》中迪伊的更名和使用非洲语言是个孤立的情节，从字

[①] Hoel, Helga. Personal Names and Heritage: Alice Walker's Everyday Use. *American Studies in Scandinavia,* 1999, 31:34-42.

[②] Christian, Barbara T. *Everyday Use by Alice Walker*. New Brunswick, NJ: Rutgers University Press, 1994, p.14.

[③] 以上诸人之研究分见《外国文学研究》(2005)、《西安外国语大学学报》(2007)、《外语与外语教学》(2007)、《山东外语教学》(2003)、《湖北第二师范学院学报》(2008)、《安阳工学院学报》(2008)和《安徽文学》(2008)。

面上很难把握其中的含义。但是在文本和语境的对读中，我们发现迪伊的更名和使用非洲语言代表着美国黑人集体的文化反抗。

正如迪伊所言，早期黑奴的名字是白人奴隶主给的。美国内战以前，白人奴隶主要为新买来的黑人奴隶命名。这样做不仅是为了对奴隶进行识别，而且也是为了贬低奴隶的地位，建立白人奴隶主的权威。在非洲，个人的名字包含着丰富的文化信息。剥夺黑人的非洲名字是白人进行文化控制的重要手段。而对于黑人奴隶来说，他们被剥夺名字的同时，也被剥夺了文化身份。黑人奴隶属于白人奴隶主的个人财产，奴隶经常存在着逃亡、转卖、新生、死亡等情状。出于各种原因美国州县通常要求蓄奴白人进行奴隶登记，这也是白人奴隶主必须对黑人奴隶进行命名的原因之一。白人奴隶主通常采用很短小的名字来命名他们的奴隶。这些短名都是英语常用名的简写、缩写或昵称。比如宾夕法尼亚州的奴隶主伊丽莎白·拉姆齐(Elizabeth Ramsey)于 1789 年为自家奴隶赫丝特(Hester)所生的婴儿进行了出生登记。其记录为："兹证明赫丝特于 3 月 13 日夜或 14 日晨，于我所产一男婴。余为之起名彼得(Peet)。"[①] 这家奴隶主为小奴隶所取的名字 Peet 实际上是常用男名 Peter 的另写。又如 1727 年，弗吉尼亚的奴隶主罗伯特·卡特购进一批黑奴，分别以汤姆(Tom)、杰米(Jamey)、莫尔(Moll)和南(Nan)等短小名字命名。[②] 在各种关于黑人奴隶的文件中用短小名字指称奴隶的很多。如用 Pete, Jem, Joe, Beck, Gin, Abby, Will, Betty, Kate 和 Sue，而不用它们的正式形式 Peter, James, Joseph, Rebecca, Virginia, Abigail, William, Elizabeth, Catherine 和 Susanna。早期美国记录遗产都将奴隶名字和牲畜名字同列。他们的主要区别在于估价不同。美国名字专家帕克特(Newbell Puckett)曾把牲畜名和奴隶名作了个对比研究。他在密西西比州朗兹县(Lowndes County)1858 年的遗产记录中抽出 235 头骡子的名字进行分析。结果显示 197 个或 84% 的骡子名字在奴隶名字中可以找到。其中最常见的 10 个骡子名为：Jack,

---

① Nagle, George. Names Used for Enslaved People in Pennsylvania, 2004-06-01, http://www. afrolumens.org/slavery/names.html.

② Berlin, Ira. From Creole to African: Atlantic Creoles and Origins of African-American Society in Mainland North America. *The William and Mary Quarterly*, 1996, 53(2):251-288.

Kitt, Beck, John, Mike, Ned, Tom, Bill, Jim 和 Dolly。这些牲畜最常用名也是黑人奴隶最常用的名字,而且名字的短小是牲畜名和奴隶名共有特点。[①] 在《日用家当》中迪伊(Dee)的名字非常短小。就特征而言,迪伊说这是一个奴隶名字,应该符合事实。这个短小的名字只是白人给予黑人如同牲畜名一样的记号。

在美国白人开始为黑人命名的同时,种植园里黑人奴隶为保留他们非洲名字的文化反抗也就开始了。美国作家阿历克斯•哈里(Alex Haley)在历史小说《根》(1976)中有一个生动的文化反抗例子。黑人哈里的祖先昆塔•金特 1767 年在西非被白人绑架,贩至弗吉尼亚为奴。他的主人给他取名为托比(Toby)。而他拒绝接受这个名字,他反复告诉他的同伴自己的名字叫昆塔,是金特家族的后裔,而且还将家族的历史口述给女儿济西。但是,在白人文化霸权的高压下,黑人奴隶要保留非洲名字必须讲究隐蔽策略。他们在和白人接触时使用白人给的奴隶名,但私下则使用非洲名。比如在 18 世纪中期法国殖民地时代的路易斯安那州,在公开场合奴隶们有正式的法语名,但在黑人之间就用非洲名字,并用非洲语言为子女命名。[②] 据美国学者研究,以下这些名字都是早期黑奴成功保留下来的非洲名字:Kato, Tshituba, Zango, Zingo, Zinka, Juba, Mimbo, Mango, Mingo, Quash, Quaco, Quomo, Vigo, Cutto, Tenah, Mima and Cudja。[③] 根据 1710—1749 年约克郡和兰开斯特郡的奴隶名册记载,在抽样的 465 名年龄在 10—15 岁之间的黑人中,有 3%的奴隶保留了原来的非洲名字,更有 80 人保留了非洲名字的英文变体。[④] 美国黑人非洲名字保存下来较少这一情况暗示,黑人奴隶反抗文化控制曾经历过十分艰难的历程。

[①] Puckett, Newbell. *Black Names in America: Origins and Usage.* Boston, MA: G.K. Hall, 1975, p.11.

[②] Hall, Gwendolyn. *Africans in Colonial Louisiana: The Development of Afro-Creole Culture in the Eighteenth Century.* Baton Rouge, LA: Louisiana State University Press, 1992, p.166.

[③] Mphande, Lupenga. Naming and Linguistic Africanism in African American Culture. *Selected Proceedings of the 35th Annual Conference on African Linguistics* (John Mugane, eds.). Somerville, MA: Cascadilla Proceedings Project, 2006, pp. 104-113.

[④] 陈志杰:美国黑人的取名与黑人文化身份,《史学集刊》2008 年第 4 期,第 71-76 页。

早期白人为黑人奴隶命名时，只给名，不给姓。在相关的记录里，奴隶是没有姓氏的。白人希望奴隶以个体的形式，而不是以姓氏作为家庭纽带的形式存在下去。这样或许会方便奴隶主进行奴隶交易。根据宾夕法尼亚的材料记载，奴隶们到了 18 世纪后期和 19 世纪才逐步有了自己的姓氏。奴隶有了姓氏是奴隶们在白人家庭中形成附属家庭的反映。奴隶们的姓氏有时来自主人。在很多情况下，奴隶家庭并不愿意使用主人的姓氏。于是奴隶们为自己家庭另外选择姓氏，秘密使用。直到 19 世纪 60 年代黑奴解放，美国人才发现这样一个事实："很多奴隶都有姓氏，而且多数与主人不同。这是个多数白人所不知道的事实。"[①]在宾夕法尼亚早期黑人奴隶都选用当地普通白人居民的姓氏，如：Miller, Martin, Smith, Butler 和 Stewart 等。根据美国学者乔治·纳格尔(George F. Nagle)的说法，黑人拥有当地的姓氏表明了他们融入当地社会的意愿。而笔者则认为，黑人奴隶获得姓氏是对牲畜那样只有名没有姓的反抗，而美国黑人不愿意使用主人家的姓氏则体现出黑人奴隶争取独立于主人身份的努力。

南方奴隶制废除，黑人获得了给自己重新命名和更名的机会。很多黑人以更改名字庆祝解放。他们将短小的名字加长，或改变名字的拼法，以示与奴隶身份的告别。前奴隶 Joe 的故事是个实例，他刚获解放就对妻子说："别再叫我 Joe 了，我的名字是 Jenkins 先生。"[②]一些当时黑人创造的名字非常流行，比如常用名后加缀 inda 变成新名，因而 Clara 成了 Clarinda, Flora 成了 Florinda, Lucretta 或 Lucretia 成了 Lucinda。与此同时，John, James, George, Henry, Samuel, Charles, Isaac, Robert 和 Peter 这些白人男子名，也被黑人广泛采用。[③] 美国废奴后，黑人更名的特点是去掉名字中奴隶的痕迹，追求名字与白人的平等，享受与白人一样的名字。

迪伊的名字是由曾外婆传给大姨妈，再传至迪伊的，可以追溯到南

95

[①] Gutman, Herbert. *The Black Family in Slavery and Freedom*. New York, NY: Pantheon Books, 1976, p.230.
[②] Ibid, p.236.
[③] Puckett, Newbell. *Black Names in America: Origins and Usage.* Boston, MA: G.K. Hall, 1975.

北战争以前。迪伊的家庭应是比较保守的家庭，即便在释奴后，她们仍然保持了这个名字。美国历史上的爵士乐、体育运动、街舞、即兴说唱和拼花被子等都和黑人关系密切，是他们美国经验中值得骄傲的文化遗产。通常人们认为黑人的文化遗产指的是他们历史上的成就。克里斯蒂安(1997)等认为，奴隶名字里包含着黑人的文化遗产是有悖常理的。她们把黑人历史上的疤痕与成就混为了一谈。尽管"Dee"这个短名在迪伊家中已经流传了好几代，由于它不是值得骄傲的文化遗产，弃之并不可惜。不过，"Dee"这个奴隶名的最终摈弃，要等到民权运动的到来。

二、泛非主义的文化寻根

20 世纪 60 年代中期到 20 世纪 70 年代初，美国民权运动逐渐高涨。黑人的文化民族主义意识的觉醒激起了又一轮的更名热潮。先是，美国黑人曾经历了由名字更改而引起的集体文化身份的改变。他们的身份从 colored 和 negro 变成了 black，由 black 再变到 Afro-American，又三变而为 African-American。[①] 这个经历的结局确立了美国黑人的集体双重文化身份：他们过去是非洲人现在是美国人，或者他们既是非洲人，也是美国人。与此同时，废奴时期没有及时将奴隶名字摈弃的黑人开始寻求新的名字。迪伊正是此时加入了更名者的行列。

美国民权运动中更名热潮的掀起得力于一些黑人社团的倡导。比如，黑人穆斯林的"伊斯兰国家组织"(The Nation of Islam)就为劝导黑人放弃 400 年来的奴隶名字，接受安拉赐予的圣名起到重要作用。民权运动高涨的年代，伊斯兰国家组织领导人伊利亚·穆罕默德(Elijah Muhammad)为黑人抛弃奴隶名字甚至制定了组织政策。穆罕默德认为黑人在身份降低过程中，奴隶名字是个中心象征。因而，他要求所有皈依者去掉奴隶名字，并将姓氏改为 X。在伊利亚·穆罕默德等人的倡导下，摈弃奴隶名字成为这一时期民权运动活跃分子寻求新的民族文化身

[①] Marable, Manning. What's in a Name? African-American or Multiracial? —Defining One's Self. *Black Issues in Higher Education*, 1997, 14(1):112.

份的流行做法。[①] 美国著名黑人领袖马尔科姆·X 本名 Malcolm Little。1952 年他率先将姓氏改为 X，表示摈弃奴隶名字，而以 X 代替其非洲原来的姓氏。伊斯兰国家组织曾规定，新近皈依者要申请新名，取代奴隶名字。其申请词有固定格式："我已聆听布道，对此深信不疑。天下除安拉别无上帝，穆罕默德是安拉的奴仆和使者。我愿重新皈依，祈赐我原名。我的奴隶名是某某。"经过一系列仪式，皈依者可以去掉奴隶名字。在理论上，如果皈依者名字为 John King，他就变成了 John X。如果有多个 John，则按顺序为 John 2X 或 John 7X。在现实中，有人报道美国中西部有个穆斯林，他的名字为 John 17X[②]。20 世纪 60 年代中期，马尔科姆·X 在伊斯兰国家组织中声望日隆，很多追随他的黑人都以 X 为自己的姓氏，或把 X 的图案作为臂上的刺青。后来，伊斯兰国家组织内部分裂迹象日趋明朗，伊利亚·穆罕默德遂对名字更改加强控制，规定只有安拉通过使者伊利亚·穆罕默德赐予的名字才能得到承认。马尔科姆·X 从该组织中分离出去后，伊利亚·穆罕默德更规定 X 不可加于圣名之后，违者惩处。此后，穆罕默德又制定一整套阿拉伯名字清单，供更名者取用。伊斯兰国家组织不是唯一的倡导黑人更改奴隶名字的社团，其他如团结奴隶组织(United Slaves Organization)也很看重黑人的名字。其七条组织原则中的第二条是自决，它的核心内容就是自我命名。

民权运动时期，很多黑人知名人士都有更名的经历。从他们的更名模式看，他们所更改的非洲名字，可以是任何非洲地区的名字。他们并没有因为祖先来自非洲西部，就刻意取个西非的名字。1965 年，马尔科姆·X 走访麦加，再次更名为 El-Hajj Malik El-Shabazz。美国著名黑人拳王阿里本名凯细欧·克雷(Cassius Clay)。1964 年他摈弃奴隶姓氏，将名字改为凯细欧·X，后来又将名字改为穆罕默德·阿里(Muhammad Ali)。勒鲁伊·琼斯(Leroi Jones)是著名的黑人文化民族主义代表。最

[①] Gardell, Mattias. *In the Name of Elijah Muhammad: Louis Farrakhan and the Nation of Islam.* Durham, NC: Duke University Press, 1996, p.64.

[②] Lomax, Louis. *When the Word Is Given: A Report on Elijah Muhammad, Malcolm X, and the Black Muslim World.* Cleveland, OH: The World Publishing Company, 1963, p.30.

初，他改名为阿米尔·巴拉克特(Ameer Barakat)，意为神圣王子，1965年再改为阿米利·巴拉克(Amiri Baraka)。[①] 著名垒球明星卡里姆·阿布杜尔·贾巴尔(Karim Abdul Jabal)1971年摈弃奴隶名改用现名。以上诸人摈弃奴隶名后均选用了阿拉伯语名。又有女性主义作家波利·威廉斯(Paulette Williams) 1971年更名为 Ntozake Shange。Shange 为南非科萨语名，意为："像狮子那样行走"。团结奴隶组织创始人罗纳德(Ronald McKinley Everett)1965年改为斯瓦西里语名朗·莫拉纳·卡伦加(Ron Maulana Karenga)。摈弃奴隶名后改用西非地区名字的也不乏其人，不过他们之所以改用西非名字，并非直接因为其祖上来自西非，而是别有原因。例如，黑人权利运动的创建者斯托克利·卡迈克尔(Stokely Carmichael)1969年改用非洲加纳和几内亚的混名 Kwame Ture 是为了纪念加纳政治家克瓦米·恩克鲁玛(Kwame Nkrumah)和几内亚政治家塞古·杜尔(Sekou Toure)。[②]

　　迪伊和她男友的非洲名字可以恰到好处地融入语境中的更名格局。迪伊的男友是穆斯林，他使用的是阿拉伯名字"Hakim a Barber"。而迪伊的名字则属于肯尼亚尤库族(Kikuyu)的名字。Heol 在论证迪伊更名肤浅时，除了认为迪伊应该选择一个西部非洲的名字外，还在迪伊东非名字的个别字母上找错。Heol 认为："Wangero Leewanika Kamanjo"这个名字应来自尤库语(Kikuyu)，但是拼法有误。"Wangero"正确的拼法应为"Wanjiru"，"Kamanjo"的正确拼法应是"Kamenju"，而"Leewanika"则是个马拉维(Malawi)妇女的名字。所以 Heol 认为迪伊的非洲名字应该是几个非洲东部部落名字的混合，迪伊使用这个混合名字表明她对非洲的无知。笔者认为，Heol 的论证方法支离琐碎颇不可取。非洲为多民族多语言地区，能确定的民族语言就有2000多种，地域相邻的语言之间多有亲缘关系。对非洲语言的罗马字母化注音本来就未必完全准确，因此，不能因一两个元音的差别，就断定"迪伊对非洲知之甚少，

[①] Thompson, Deborah. Keeping up with the Joneses. *College Literature*, 2002, 29(1): 83-101.
[②] Mphande, Lupenga. Naming and Linguistic Africanism in African American Culture, *Selected Proceedings of the 35th Annual Conference on African Linguistics* (John Mugane, eds.). Somerville, MA: Cascadilla Proceedings Project, 2006, pp. 104-113.

根本不明白名字中的意义"。[①] Heol 低估了迪伊的政治觉醒程度，她在
分析迪伊的更名时割裂了迪伊和社会的关系，把迪伊的更名看成是个人
的寻根。事实上，迪伊的更名活动和整个黑人文化身份重塑运动是联系
在一起的，并且是在泛非主义的旗帜下展开的。因为此时，民权运动领
袖们不但倡导更名，他们更提倡文化上的泛非主义理念和强调非洲人民
和美国黑人的休戚与共的关系。20 世纪 60 年代面对非洲人民反对欧洲
殖民主义和民族独立的斗争，马尔科姆·X 曾说道："虽然我们身在美
国，为我们的人权和民权而奋斗，但是我们必须在文化上和精神上回归
非洲。"[②] 在泛非主义的影响下，美国黑人向非洲寻求文化根源并不
把东部非洲和西部非洲分别看待。相反，很多人在选用非洲名字时心里
装着整个非洲大陆，特地使用非洲混合语言名字。比如，此时期出现这
样一些美国黑人名字：Thanayi Anane 是科萨语和斯瓦西里语的混合，
前者意为"幸福之子"，后者意为"温柔"；Tiyor Siyolo 是苏图语和祖鲁
语的混合，分别为"智者"和"幸福使者"之意；Tarik Saidi 则是阿拉
伯语和斯瓦西里语的组合，意为"杀敌者"和"主人"。[③] 由此可见，
迪伊的混合非洲名字在当时是可以得到志同道合者认同的，因而并不是
一个肤浅无知的行为。

　　值得一提的是，废奴时期黑人更名是为了与白人求同，寻求平等
使用英语名字的权利。而民权运动中，黑人更名的非洲化是为了求异，
寻求与白人不同的民族文化身份。在此期间一般黑人民众的更名特点还
表现为在原有的白人名字上加后缀或前缀形成新的黑人名字。如加后
缀：-on, -won, -quon, -el, -ell 和-isha 形成新的黑人名字。由此，David
变成 Davon，Mark 变成 Marquon, Danell 则疑为由 Dan 而来。又有
Monisha,也是加后缀而成的女名。同时，这些新名字的重音落在后缀上，
表示语音上与白人名字的区别。前缀则包括 Chan-, Shan-, Ka-, La-, De-,
Ja-, Tri-, Ni-, Wa-和 Sha-。比如：名字 LaTasha 和 Shandra，一望即知是

① Hoel, Helga. Personal Names and Heritage: Alice Walker's Everyday Use. *American Studies in Scandinavia,* 1999, 31:34-42.
② Karenga, Maulana. Remembering Audacious Black Power: Revisiting the Model and Meaning. *Los Angeles Sentinel*, 2007-07-19.
③ Dillard, J. L. *Black Names.* Paris: Mouton, 1976, p.17.

个黑人名字。① 这种对白人名字的改造使黑人的名字产生了悦耳的音变，呈现出明显的黑人英语语音特色，亦即非洲性。如同黑人集体名称的双重性一样，黑人个体的名字经过更改也体现出一种文化的双重性。他们的名字中既有白人的名字成分，也有属于自己独有的语音成分。这些独有成分抑或就是美国黑人记忆深处自己非洲祖先名字潜意识的残留。

三、对迪伊更名和文化民族主义的误读

候尔之所以得出迪伊肤浅和无知的结论，并且得以影响国内读者是有因可查的。这也要从语境和文本两个角度来分析。从语境的角度看，美国黑人的更名以及寻求文化身份的努力是在强势文化霸权之下展开的。他们的活动常遭到理论上的围攻。民权运动期间黑人除了更改为非洲名字外，也学习使用阿拉伯语或斯瓦西里语(Swahili)作为自己语言身份再塑和与非洲联系的标志。这种做法有当时的政治原因：阿拉伯语和斯瓦西里语在非洲是使用人口最多的两种语言。其中斯瓦西里语跨越肯尼亚、坦桑尼亚、乌干达等国国界，并不断获得一些国家的官方语言的地位。在反对欧洲殖民统治的斗争中，斯瓦西里语起到了联系不同民族进行有效沟通的作用。泛非主义运动不断将斯瓦西里语推向对抗和取代占主宰地位的欧洲殖民主义语言的地位。非洲著名作家恩古吉·瓦·提安哥(Ngugi wa Thiong)和渥雷·索因卡(Wole Soyinka)都倡导将斯瓦西里语作为泛非语言。此外，非洲统一组织(Organization of Africa Unity)则直接宣布斯瓦西里语为非洲大陆语言。当时，在世界范围的无线电广播中，不断可以听到斯瓦西里语节目。非洲东部的斯瓦西里语成了与支配地位的英语抗衡的象征。1967 年在美国国内，黑人演员、民权运动积极参与者奥西·戴维斯(Ossie Davis)发表了题为"英语语言是我的敌人"的演讲，对英语语言本身隐藏的种族主义特质提出了质疑。② 戴

---

① 李荣庆：浅析《外婆的日用家当》中迪伊对名字的更改，《外语教学(专)》2008 年第 29 卷。
② Davis, Ossie. The English Language Is My Enemy. *IRCD Bulletin*, 1969, 5(3):12-15.

维斯的演讲影响很大，揭开了美国黑人语言民族主义运动的序幕。美国黑人学习阿拉伯语和斯瓦西里语的风气旋即移入语言权利话语的中心地位。在《日用家当》中迪伊和她男友使用阿拉伯语"Asalamalakim"和卢干达语"Wa-su-zo- Tean-o"向妈妈问候正是当年民权运动活跃者的生动写照(卢干达语与斯瓦西里语同属非洲东部祖鲁语言)。然而，这种学习使用非洲东部语言的风气在当时也不断遭到恶意的攻击。这可以从宽扎节(Kwanzza)相关话语中反映出来。宽扎节是团结奴隶组织创始人朗·卡伦加在民权运动高潮时期首创的美国黑人节日(关于宽扎节的细节，我们在下一章比较详细地进行讨论)。宽扎节的面世受到早已丧失了节年礼俗的广大黑人民众的欢迎。但恶意的诽谤认为宽扎节所依凭的斯瓦西里语不是美国黑人祖上使用的语言，宽扎节是对历史的编造。[①]在有关宽扎节和斯瓦西里语的话语中，我们可以析出两种对立的政治表述。一种表述拘泥于对美国黑人向非洲文化寻根细节的苛责，其中涉及黑人更改的名字是东非名还是西非名，美国黑人学习的是东非语言还是西非语言的问题。这种苛责为高涨的黑人文化民族主义热情泼了冷水，包含着对黑人运动明显的嘲笑、否定或敌视。另一种表述强调美国黑人向非洲寻求文化身份时泛非主义主张的合理性。在泛非主义的理念中，美国黑人使用的非洲名字含义准确与否并不重要，斯瓦西里语或卢干达语是不是美国黑人祖上的语言也不重要。正如阿拉敏·马兹瑞教授所言，对在泛非主义影响下的美国黑人来说，"任何一种非洲语言(包括非洲名字——笔者注)都可能成为一种共同的令人鼓舞的语言来源和美国黑人新觉醒的象征表述。斯瓦西里语正是这一目的的自然选择"[②]。

　　从文本的角度看，艾丽斯·沃克写作《日用家当》的手法也是不少人对迪伊误读的原因之一。以往论者都认为《日用家当》的主题是"一位母亲拒绝成功的大女儿的肤浅的价值观，而接受小女儿的传统的价值观"之作，或是"探讨非裔美国人的文化遗产观"的作品。[③] 但是，《日

101

---

① Cheston, Duke. The Truth about Kwanzaa. *Carolina Review*, 2008, 16(4):12.
② Mazrui, Alamin. African Languages in the African American Experience, *Language and Literature in the African American Imagination* (Carol Aisha Blackshire-Belay, ed.). Westport, CT: Greenwood Press, 1992, pp.75-91.
③ 李洁平：《日用家当》中女性形象解读，《外语与外语教学》2007 年第 3 期。

用家当》的另一个主题却从来没有人提到过。这个主题我们在第二章曾经提到过，它与《日用家当》的小说题目相关。第二次世界大战以后，欧美重新兴起对"日常生活"的研究。欧文·戈夫曼(Erving Goffman)、费尔南·布劳岱尔(Fernand Braudel)、艾尔弗雷德·舒茨(Alfred Schutz)、阿格尼丝·赫勒(Agnes Heller)等都从不同的角度探讨"日常生活"这个命题。在《日用家当》创作之际，"everyday life"，"everyday culture"，"everyday knowledge"和"everyday thought"等词汇在学界非常流行。因而，笔者认为艾丽斯·沃克选用 *Everyday Use* 一词为小说题目，亦与当时"日常生活"研究活跃有关。《日用家当》是一篇论母女关系的小说，其主题本意在于对母亲的日常生活的批判。小说中的妈妈是一个典型的南方老式妇女，她的生活中缺乏新意，缺少审美和浪漫情趣，具有典型的以实用和功利为特征的日常生活惰性思维模式。艾丽斯·沃克令母亲作为小说里的叙事者的写作手法使小说成了一个反讽作品。在实用主义的妈妈眼里，一切民权运动中出现的新鲜事，包括迪伊的非洲名字、非洲问候语、非洲长裙、非洲爆炸发式，甚至握手的方式都看上去不顺眼。正是妈妈对迪伊的看法，以及妈妈对迪伊的冷嘲热讽和讥诮挖苦的叙事误导了读者，使读者对迪伊产生了一个肤浅无知的印象。而妈妈实用主义思想又把读者锁定在日常生活的理性空间，从而赚取了读者对妈妈和妹妹麦姬的同情。殊不知这并不是作者艾丽斯·沃克本人的主张，因为妈妈只是小说里的一个人物。

总之，迪伊的更名和使用非洲语言并不是肤浅和无知的行为。这种行为包含着美国黑人文化反抗的传统，还包含着非洲人民反殖民主义和美国黑人反种族主义压迫斗争的相互声援。候尔等人批评的误导以及《日用家当》背景交代过于简单是对更名情节误解的原因。打破文本和语境的隔阂，从新历史主义批评视角阅读能更好地领会迪伊的更名和使用非洲语言等情节应有的含义。

第八章　迪伊的文化——语言民族主义

　　我控告英语语言，它可以是一个人向另一个人实施种族主义的重要媒体之一。任何使用英语进行沟通的人都会使黑人儿童以 60 种方式看不起自己，使白人儿童以 60 种方式在干坏事当中得到帮助和纵容。语言是沟通工具，语言的这种恶劣的种族主义和败坏的属性影响的不止一个群体。并非只有白人使用英语他才是种族主义者，黑人在此过程中也可变成种族主义者。

——奥西·戴维斯[①]

　　1950 年 6 月 20 日前苏联领导人斯大林根据当时苏联学界对语言学研究的状况在《真理报》发表了极具影响的文章《论语言学中的马克思主义》。他对语言阶级性的问题有独到的阐述，指出："语言的'阶级性'公式是错误的、非马克思主义的公式。"斯大林对语言阶级性的否定在社会主义阵营引起了广泛的讨论。无独有偶，在第二次世界大战后的美国，人们也在关注着语言的属性问题。其中广大黑人感兴趣的问题不是语言的阶级性问题，而是语言的民族性问题。黑人运动活跃分子不断对

---

① Davis, Ossie. The English Language Is My Enemy. *IRCD Bulletin,* 1969, 5(3):12-15.

英语语言进行剖析，他们公开宣称英语语言是有民族性的，它属于白人。更有黑人代表宣称"英语语言是我的敌人"。如果英语不是黑人的语言，那么他们向非洲寻求自己的语言根源的举动是否误入了歧途？《日用家当》的小说为我们再次展示了当年黑人运动活跃分子的文化语言民族主义的形象。而这个形象在阅读中得到的不是支持，而是曲扭。本章借助美国 20 世纪 60 年代黑人运动活跃分子在语言寻根过程中的话语分析，对《日用家当》中迪伊及其男友的语言行为作出阐释与评论。

一、泛非主义的语言身份追寻

艾丽斯·沃克的小说《日用家当》再现了民权运动中美国黑人在追求独立文化身份时激起的多姿多彩的文化民族主义内容。其中，主要的文化民族主义的实践在《日用家当》中都着意进行了描写。在衣饰上，黑人们抵抗着主流的社会标准，女性崇尚非洲妇女色彩斑斓的袍子。迪伊出场时，"竟穿着一件拖地长裙。裙子的颜色也花哨得耀眼，大块大块的黄色和橙色，亮得可以反射太阳的光线"。沃克没有描写男性装束，如果她描写的话，那男性肯定换成了非洲居民特有的大喜吉装(dashiki，一种宽松的套头男装)。发式上，黑人不再将头发拉直，取悦于白人，而是将已经拉直的头发改成爆炸式或者黏结式，以表达自己对主流社会的反抗或对黑人身体美的自我欣赏。迪伊和她男友就是蓄着新的自然发式回到家里的。饮食上，他们多数认同黑人的传统"心灵食品"，而使美国社会认识到美国黑人对美国食品工业和文化的贡献。在身体行为上，白人的礼仪规范也不再是唯一效法的标准。比如，握手礼在白人主流社会几乎是统一的见面问候礼节。在民权运动中，黑人的反抗和追求独立的文化身份的努力甚至深入到这样的身体行为细节——当迪伊的男友第一次见到妹妹时，沃克从妈妈的角度描写了他们之间的握手：

> 阿萨拉马·拉吉姆(Asalama lakim)正在努力拉着麦姬的
> 手行礼。麦姬的手像鱼一样软弱无力，恐怕也像鱼一样冷冰
> 冰的，尽管她身上正在出汗。而且她还一个劲儿地把手往后

缩。看起来阿萨拉马·拉吉姆是想同她握手，但又想把握手的动作做得时髦花哨一点。也许是他不晓得正当的握手规矩。不管怎么说，他很快就放弃同麦姬周旋的努力了。[①]

以上《日用家当》中的一段关于握手的情节对中国读者来说可能会存在一定的理解问题。这主要是乡下的妈妈对城市里刚流行的黑人握手礼不懂的缘故，因而妈妈的叙事本身是不准确的。其实，沃克所描写的是民权运动中新近流行于黑人之间特有的握手礼(dap greeting)。这种握手礼由两人之间一系列的握手、拉手、扣指、击掌、碰拳、握碗、碰肩和拥抱等动作组合构成。握手动作的复杂程度视握手人之间的关系远近而不同。这种握手行为带有强烈的暗语色彩，两个很熟悉的黑人之间，可以很顺利地完成一套复杂的握手行为。而能够完成一套比较复杂的握手行为，表明握手人对双方的动作意图心领神会、心心相通，也表示握手人之间关系密切，互相接受。有人称这种握手形式为"黑人权力握手"(Black Power Handshakes)，从这个名称中人们可以体察出其中的政治含义。沃克的这个握手礼的描写对我们理解迪伊男友的身份和行为很有帮助。我们可以这样解释这个情节：迪伊的男友以一个民权运动活跃分子的身份向麦姬寻求共同语言，但是麦姬根本不懂"黑人权力握手"的文化民族主义的政治含义和方法，两个人的沟通遂告失败。

迪伊和她男友对文化民族主义的追求最突出地表现在作者沃克和小说中人物的语言使用上。《日用家当》从两个方面涉及了民权运动中美国黑人的语言民族主义问题。第一，沃克在《日用家当》中使用了一种非标准的英语。这种英语从语法到读音都与标准英语有很大差别。比如在行文中，妈妈曾经说过这样两个句子："You know as well as me you was named after your aunt Dicle." 和 "I promised to give them quilts to Maggie." [②] 这种语法上有问题的英语，并不是沃克的随意使用。沃克在其他作品中也有意使用这种被称为"黑人英语"的英语。尤其是在她1982 年获得普利策文学奖的《紫色》里，黑人英语的使用成为这本书

---

① 张鑫友：《高级英语学习指南》(修订本·第一册)，湖北人民出版社 2000 年版，第 56—65 页。

② 张汉熙：《高级英语》(第一册)，外语教学与研究出版社 1995 年版，第 53—65 页。

的一种标志。黑人英语的使用是民权运动美国黑人语言民族主义问题的一部分,这个问题引起的社会和学界的争论从 20 世纪 60 年代提出后一直延续到今天。第二,寻求自己丢失的语言,学习使用非洲语言、阿拉伯语、斯瓦西里语等。迪伊回到家中和母亲打招呼时没有使用英语,而是说:"Wa-su-zo-Tean-o!"据考据,迪伊使用的是乌干达境内的卢干达语的问候语,直译为"昨晚你睡得好吗",相当于早上的问候语"早上好"。有些读者根据民权运动中有不少黑人青年热衷于学习使用斯瓦西里语的情况断定这句问候语来自斯瓦西里语。其实是一种误解。不过,卢干达语和斯瓦西里语同属于非洲东部的祖卢语系。两种语言有不少相似之处。而迪伊的男友向妈妈问候时也没有使用英语,而是使用阿拉伯语的"Asalamalakim",意为 peace be unto you,是阿拉伯人最常用的见面问候语。这个问候语的更标准的形式应该是"Salaam alaikum",回答时也可以重复这一句"Malaikum salaam"。沃克通过两位年轻人放弃英语,使用非洲语言的情节,表现了民权运动时代,美国黑人青年的政治觉悟和政治热情。

然而,就迪伊使用的卢干达问候语的性质而论,有的学者提出批评,认为迪伊的行为是一种盲目地向非洲寻根的行为。他们的理论根据是,斯瓦西里语(包括卢干达语)属于非洲东部的语言,而通过大西洋奴隶贸易贩卖到美国的黑奴都是来自非洲西部,因而他们向非洲寻根,学习使用一种非洲语言时不应该选择斯瓦西里语,而应该选择非洲西部的语言。在他们看来讲阿拉伯语也是一种误会,因为,东非的阿拉伯奴隶贸易的目的地不是北美,而是阿拉伯半岛和印度洋岛屿。因而,沃克令迪伊讲非洲东部的语言,目的是为了嘲笑迪伊等青年人的无知与莽撞。

挪威特隆赫姆教会学校(Trondheim Cathedral School)的教师海尔加·候尔就是持这种观点的人。1997 年候尔曾撰文对《日用家当》有所评论,为了表明民权运动中黑人对非洲语言的崇拜是一种盲目的行为,候尔回忆了 1969 年她在美国俄亥俄州安狄欧克学院(Antioch College)学习时的情景。她回忆道,那时黑人学生热衷于学习斯瓦西里语,黑人学生给他们的宿舍取了个看起来是斯瓦西里语的名字。但是,这个斯瓦西里语的名字却存在着拼写错误。候尔注意到黑人学生的"团结宿舍"在斯瓦西里语应为"Nyumba Umoja"。但是，安狄欧克学院黑人学生宿舍的名字却拼为"Nyambi Umoja"，这显然是误拼。候尔接着得出结论：

> 我的意思是说美国黑人在 1970 年前后对非洲常有误解。
> 大西洋奴隶贸易中大多数黑人奴隶来自非洲西部，那里不讲
> 斯瓦西里语。如果黑人真正要寻求他们的根，可能学习西非
> 语言更加有意义。东非的阿拉伯奴隶贸易一般将奴隶贩到阿
> 拉伯半岛和印度洋岛屿的种植园中。[①]

候尔所言，并不是一种孤立的看法，这种看法在民权运动期间就已经非常流行。出生在肯尼亚的著名社会语言学家阿拉敏·马兹瑞(Alamin Mazrui)1969 年开始在美国教授斯瓦西里语。他告诉我们，美国黑人追求学习非洲大陆语言作为身份象征并非没有阻力。当时面对的嘲讽之一就是，有人指出斯瓦西里语言是东非语言，而美国黑人最初则来自西非。他们指出美国黑人寻求种族语言根源应从西非寻找，比如约鲁巴语(Yoruba)或沃洛夫语(Wolof)而不是斯瓦西里语。[②]

迪伊和她男友在使用东非语言是个事实。但是，沃克的本意真的是对这对年轻的黑人青年进行嘲笑或批评吗？从文本的角度看，妈妈对这两个年轻人使用非洲语言的确表示出一种讥讽的态度。这种态度在很大程度上感染了读者。但是笔者从文化语言民族主义的语境的探究中却得出另外一种看法，即美国黑人向非洲寻根，并不是刻意地去寻找自己个体和单独的出生所在地。美国黑人作为一个整体寻求的是一个与非洲相关的集体文化和语言身份，非洲在美国黑人眼中更多的是它的共性，即受压迫的各族黑人民众反对殖民统治的民族解放斗争。非洲是一个多语言的大陆，不同的民族语言多达 2000 多种，但是，语言的多样性并不能掩盖非洲人民的共同反抗压迫的目标。正是这个美国黑人和非洲黑

---

① Hoel, Helga. Personal Names and Heritage: Alice Walker's Everyday Use. *American Studies in Scandinavia,* 1999, 31:34-42.

② Mazrui, Alamin. African Languages in the African American Experience, *Language and Literature in the African American Imagination* (Carol Aisha Blackshire-Belay, ed.). Westport, CT: Greenwood Press, 1992, p.82.

人的共同点才吸引了迪伊和她男友,使他们感觉到了文化民族主义的意义。此外,民权运动中语言民族主义的出现与当时泛非主义的传播和美国黑人对英语语言的种族主义排他性的认识有着直接关联。

二、英语语言是我的敌人

发生在美洲的早期泛非主义运动无疑是民权运动中向非洲寻求新的语言身份的动力之一。提到泛非主义运动必须提及最重要的泛非主义黑人领袖马库斯·加维(Marcus Garvey, 1887—1940)和杜波依斯(W.E.B. DuBois, 1868—1963)。马库斯·加维于 1914 年在牙买加创建了全球黑人发展协会(UNIA)。1917 年,他在美国建立了一个支部,仅三个星期就吸收了 2000 名成员。1919 年,全球黑人发展协会在美国已有 30 个左右的支部。在世界范围内,成员达到 200 多万。几年之间加维就成了美国和世界最著名的黑人斗争领袖之一。他拥有《黑人世界》周刊(Negro World),这份刊物使他能够将他的泛非主义理念传播给广大读者。加维的思想以为黑人争取权利和加强非洲大陆和流寓在外的非洲侨民之间的联系为特点。他要求黑人民众不再自视低人一等。针对黑人智力低下的看法,他宣传说黑人能够学会知识、技术和经济手段,而从白人的奴役中解放出来。加维主张美国黑人和其他非洲侨民的家乡在非洲,因而发起回到非洲运动。为此他特地创建了名为"黑星航班"的国际航运公司,公司股票在全球黑人发展协会中销售。"黑星航班"的主要长期目标是帮助美国黑人、牙买加黑人和其他非洲侨民返回非洲家乡,建立一个强大的非洲黑人国家。由此,加维的黑星航班也成了泛非主义的象征。在民族关系上,加维主张黑人白人分治,而不是融合。他又主张种族纯净,因而提出非洲属于非洲人的反殖民主义思想。[①] 后来非洲的泛非主义运动、美国的黑人领袖及世界各地泛非主义思潮、黑人民族主义理念,无不受加维思想的影响。西非国家加纳的开国总统克瓦米·恩克鲁玛(Kwame Nkrumah)、塞内加尔第一任总统列奥波尔德·塞

---

① Dagnini, Jeremie Kroubo. Marcus Garvey: A Controversial Figure in the History of Pan-Africanism. *The Journal of Pan African Studies*, 2008, 2(3):198-208.

达·桑戈尔(Léopold Sedar Senghor)、刚果共和国第一任总理帕特里斯·卢蒙巴(Patrice Lumumba)、坦桑尼亚总统朱利叶斯·尼雷尔(ulius Nyerere)第一位肯尼亚总统乔莫·肯雅塔(Jomo Kenyatta)、南非反种族隔离运动和黑人觉醒运动活动家史蒂夫·比科(Steve Biko)、南非前总统纳尔逊·曼德拉(Nelson Mandela)、美国黑人民权领袖马尔科姆·X(Malcolm X)、尼日利亚音乐家菲拉·库提(Fela Anikulapo Kuti)、牙买加雷鬼乐歌星本宁·斯皮亚(Burning Spear)和鲍勃·马利(Bob Marley)这些分布在世界各地的泛非主义领袖或著名倡导者都声称受到加维思想的影响。[①]　其实，在美国激进的黑人政治组织如伊斯兰国家组织、黑豹党的行动纲领中都可以看出明显的加维印记。

　　但是，加维的泛非主义思想却受到另外一位泛非主义黑人领袖杜波依斯的批评。杜波依斯也是早期泛非运动的创始人。20 世纪初泛非主义运动兴起，杜波依斯担任了第一届泛非会议(The Pan-African Conference)的副主席和以后历届泛非大会的组织者和领导者，被誉为"泛非运动之父"。他也是美国有色人种协会的创建者之一，并任协会的机关刊物《危机》的编辑达 24 年之久。当 1916 年，加维初到美国时，杜波依斯已经开始在一个更广阔的国际政治舞台实践其泛非主义理想了。然而，尽管杜波依斯等先驱借助泛非会议为泛非理论提供了一个理论平台，但是直到加维的全球黑人发展协会建立，泛非主义运动才有了群众基础。杜波依斯和加维在融入或分离、部分或整体、理论或实践、社会主义或资本主义方式等泛非问题上有分有合，他们共同为非洲人民、美国及其他地区的黑人的解放斗争作出了贡献。1963 年已经是 95 岁高龄的泛非主义领袖杜波依斯最终放弃了美国国籍，加入了非洲的加纳国籍。虽然，他对加维的返回非洲的号召曾经有所抵触，但是他的这个举动，为 20 世纪 60 年代民权运动高潮时期回到非洲故国的理念注入了新的活力。在 60 年代，学习一种非洲语言，了解自己的历史，甚至为将来在非洲生活做好准备，成了迪伊这一代黑人青年追求的目标之一。

[①] Dagnini, Jeremie Kroubo. Marcus Garvey: A Controversial Figure in the History of Pan-Africanism. *The Journal of Pan African Studies*, 2008, 2(3):198-208.

20 世纪 60 年代中期，美国黑人对英语语言本身存在种族主义倾向的认识，成为向非洲寻求新的语言身份，学习非洲语言的另一个动力。英语语言是美国白人从欧洲带到北美的主要语言。美国黑人由于不能够用标准的英语语言进行表达而饱受主流社会的歧视。起初黑人视白人为种族歧视的载体。久之，他们发现英语语言本身也带有严重的种族主义倾向。在上一章我们提到，美国著名黑人演员、民权运动积极参与者奥西·戴维斯(Ossie Davis, 1917—2005)在 1967 年发表了题为"英语语言是我的敌人"的演讲。在这个讲话中戴维斯揭开了英语语言中隐藏的白人种族主义面目。戴维斯从《罗盖特(Roget)英语词库》对英语中的"白"和"黑"两个单词进行了查询，他发现下面一个事实：白(white)这个单词有 134 个同义词，其中 44 个是褒义的，如：purity, cleanness, bright, shiny 等；有 10 个同义词具有中等程度的贬义，如：whitewash, gray pale 等。而黑(black)这个词有 120 个同义词，其中有 60 个明显是贬义词，例如：blot, blotch, smut 等。更令人难以容忍的是，在这 60 个词以外有 20 个词直接与对黑人的种族歧视有关，如：Negro, Negress, Nigger, darkey, blackamoor 等。而且，戴维斯认为人的思考是一种潜在的说话(或者说人必须借助语言才能思考)，而英语语言带给黑人孩子们的种族偏见是巨大陷阱。任何使用英语语言进行沟通的人都会使黑人儿童以 60 种方式看不起自己，使白人儿童以 60 种方式得到帮助和纵容。语言是沟通工具，语言的这种恶劣的种族主义和败坏的属性影响的不止一个群体。戴维斯告诫说，并非只有白人使用英语才是种族主义者，黑人在使用英语过程中也可变成种族主义者。因此，戴维斯断言英语语言是种族主义载体之一。[①]

20 世纪六七十年代，美国黑人对英语语言种族主义特质的认识不止如此。自奥西·戴维斯对英语语言进行了揭露之后，对英语语言种族主义的讨伐纷至沓来。1976 年，罗伯特·莫尔(Robert B. Moore)对英语语言的种族主义质疑也能反映那个时代美国黑人对英语语言的认识。莫尔在一本题为《英语语言中的种族主义》的小册子里历数了埋藏在英

① Davis, Ossie. The English Language Is My Enemy. *IRCD Bulletin,* 1969, 5(3):12-15.

语语言中的 7 个种族主义表现。① 第一，英语语言中的种族主义表现为歧视黑人的颜色象征主义(Color Symbolism)。在英语语言中，白色和黑色分别带有正面和负面的象征意义。比如："好人"总是戴白色的帽子、骑白色的马，"坏蛋"则戴黑帽子、骑黑马。天使是白色的，魔鬼是黑色的。第二，英语语言对种族充斥着明显的偏见。英语语言中经常使用"主人"和"奴隶"这样的词汇。比如 1970 年前后出版的教科书在描述历史时会这样讲，"过去奴隶种植甘蔗时只能得到点食物，而现在人们种植甘蔗则可以得到工资"。莫尔指出当奴隶一词被用来指称黑人时会抹杀他们正常"人"的地位，而暗示主人奴役奴隶的合理性。因而，奴隶一词应该改为"被裹胁的非洲人"。第三，英语语言的被动语态为抹杀黑人或其他少数民族的存在提供了方便。比如：在句子"横跨美洲大陆的铁路'was built'"这句话里，中国人对美国建设的贡献被轻而易举地抹杀掉了。又如在英语句子"Slaves were brought to America"中，奴隶贸易对非洲的破坏、对黑人家庭的破坏消失在了一个丧失了价值判断的中性句子中。第四，英语语言中固定词汇的用法带有种族主义的政治意义。比如：一些国家在英语中被称为不发达(underdeveloped)国家，其实这些国家之所以不发达是西方殖民主义者掠夺的结果，对这些国家更正确的称呼应为"over exploited"。第五，英语语言中的感情色彩也反映出了它的种族主义特质。比如，非洲各民族之间的冲突常称为"部落战争(tribal warfare)"，暗喻非洲社会发展文明程度低下，而欧洲人之间的冲突则描述为国家之间的战争。如："哥伦布发现了美洲新大陆"这句话，无视印第安人的存在。所谓"发现"，其对象应该是某种未被人类认识的知识，难道在美洲生活的印第安人不是人吗？第六，英语语言形容词的使用也导致种族主义的发生。一些形容词的用法有很强的种族主义暗示性。比如，1968 年《纽约时报》的一篇文章中有下面这样一句话："The President spoke to the well-dressed Negro officials and their wives."使莫尔疑惑的是这篇文章的作者有什么必要在觐见总统的黑人官员前面加上"穿着得体"的字样。这句话背后

---

① Moore, Robert B. *Racism in the English Language*. New York, NY: Racism and Sexism Resource Center for Educators, 1976, pp.1-23.

潜在的含义是，黑人官员平时是衣着不整的。第七，英语语言对少数裔的口语常有种族主义的描述。比如，中国人所说的"炒饭"被写成"flied lice"（正确的写法应为"fried rice"），把中国人说"对不起"写成"very solly"（正确的写法应为"very sorry"），这种写法会降低中国的民族形象。[①]

泛非主义的传播和他们对英语语言种族主义特性的认识是美国黑人在语言层面上寻找新的文化身份的基础。在实践中，使用"黑人英语"确定自己语言的归属在民权运动中广为流行起来。黑人英语曾经被认为不过是对欧洲版英语的亵渎，这种英语对美国黑人民众来说不足以支撑起体面的社会地位。过去，这种美国黑人说的英语方言在他们居住的纽约、费城、芝加哥、底特律和洛杉矶等城市的中心贫民区流传。不过，在民权运动中，黑人英语方言成了珍贵的黑人身份象征，甚至"黑人英语"这个词也受到种族主义怀疑，新的指称黑人英语的词汇如"Palwh"(西半球泛非语言 Pan-African Language in the Western Hemisphere 的字首缩写)应运而生。[②] 在民权运动高潮中被唤醒的黑人英语方言的使用有几个特点。以往只是口语中使用的黑人英语方言，现在更多进入黑人作家的作品当中，促进了黑人英语地位的提升。此外，黑人青年强烈要求教育机构不再歧视黑人英语的使用，黑人有权利决定自己所使用的语言。我们透过 1974 年的一份美国大学写作沟通大会(The Conference on College Composition and Communication，简称 CCCC)的决议来领略当年美国黑人曾经为使用黑人英语而进行的不懈努力："我们重申尊重学生使用自己不同语言的权利，包括他们母语的语音或他们自己认同的语音。语言学者早就否认所谓标准美国语音的有效性。否认某种语音会导致一种社会群体将自己的意志强加于人。否定某种语音会对人们的口语和写作造成误导和对整个人类造成不道德的误导。一个对自己遗产、对自己文化和种族的多样性感到骄傲的民族会保护自己语音的遗产。我们

[①] Moore, Robert B. *Racism in the English Language*. New York, NY: Racism and Sexism Resource Center for Educators, 1976, pp.1-23.

[②] Mazrui, Alamin. African Languages in the African American Experience, *Language and Literature in the African American Imagination* (Carol Aisha Blackshire-Belay, ed.). Westport, CT: Greenwood Press, 1992, p.78.

郑重强调,教师必须就多样性问题具有经验和接受培训,支持学生使用自己语言的权利。"

此一时期,不少学者也为支持黑人英语的独立语言地位进行着学术探讨。他们的研究目的在于重新宣告"黑人英语"的地位并不是个象征的问题。他们富有成果的研究表明"黑人英语"不是对任何语言的亵渎,而是一种有内在逻辑的、自主的语言体系。它带有明显的非洲大陆语言遗迹,黑人奴隶贸易过程没有改变这种状况。在这项研究中,黑人英语的"非洲性"成了语言研究的重点。对黑人英语语言的非洲性最早且最有意义的研究要数罗兰左·泰纳(Lorenzo Turner)出版于 1949 年的《嘎勒语言中的非洲性》(*Africanisms in the Gullah Dialect*)一书。在这本书中,泰纳从嘎勒英语中列出一份完整的词汇表,这些词汇都可以追回到非洲语言根源。1969 年为配合高涨的使用黑人英语的社会呼声,泰纳重印了这部语言学经典。在重印序言中,泰纳明确表示重印这本书的目的是为了满足美国黑人不断增长的对非洲遗产的关心的需要。① 沿着泰纳提出的非洲性问题,1972 年 J. L. 迪拉达对黑人英语也进行了更深入的研究。他的研究表明黑人英语的非洲性不仅仅存在于嘎勒语言使用的地区,也存在于更广泛的黑人语言使用地区。并且,不是黑人学会了美国英语,而是黑人英语的非洲性对美国英语有巨大的贡献。按照迪拉达的观点,如果美国当局鼓励对这个领域研究的话,人们可以在黑人英语甚至美国英语中发现更多的非洲性。随着对黑人英语非洲性研究的深入,人们有更多的发现。摩勒非·阿桑特(Molefi Asante)的研究突破了词汇层面的思考,他主张美国黑人英语中非洲性最强的证据不是如同泰纳所言来自词汇,而是来自语言实践的维度。"词汇中保有非洲性的一部分,但是主要的非洲因素是在语言交流的传递中,在美国黑人表达方式的传递中实现的,这主要表现在动词的连续使用和时态、语态的特殊使用方法上。"通过,语言研究这个层面的支持,民权运动中美国黑人民众象征性地或者实际上使用"黑人英语"就成了追求"非洲性"新

---

① Mazrui, Alamin. African Languages in the African American Experience, *Language and Literature in the African American Imagination* (Carol Aisha Blackshire-Belay, ed.). Westport, CT: Greenwood Press, 1992, p.78.

觉悟的标志。①

　　虽然,黑人英语的非洲性及其独立语言地位在 20 世纪 60 年代已经得到很多黑人的认同。但毕竟,黑人英语尚不能摆脱标准英语的从属地位。因此,学习一种真正的非洲语言就成了刻意使用黑人英语以外的另一种寻求独立语言身份的选择。在这条获得非洲语言经验的途径上,尽管不少非洲语言都成为美国黑人学习的目标语言,而阿拉伯语和斯瓦西里语在文化语言民族主义话语中却占据着中心地位。阿拉伯语是非洲使用人数最多的语言。至少在 20 世纪 60 年代初期,美国的一些重要的大学已经有阿拉伯语的教学课程了。哥伦比亚大学、哈佛大学、约翰霍普金斯大学、密西根大学和普林斯顿大学每年都举行语言交流合作项目,进行阿拉伯语教学。在这些项目中,登记课程的学生有"几十至数百人"。② 然而,这些高等学府的阿拉伯语言项目的开设与美国下层黑人民众无缘。普通黑人民众用阿拉伯语改变语言身份很大的动力来自伊斯兰国家组织等社团的推动。如第六章中所述,民权运动中大量的下层黑人民众从意识形态和宗教信仰上皈依了伊斯兰等穆斯林社团组织。掌管伊斯兰国家组织事务的伊利亚·穆罕默德是美国黑人学习阿拉伯语言的重要倡导者。在伊利亚时代,有零星的阿拉伯词汇进入到伊斯兰国家组织日常生活当中。伊利亚推崇阿拉伯语言,他赞扬阿拉伯字母完美独特,称阿拉伯语言为所有语言的母亲、最初的语言和语言的终结者。

　　对于新近加入伊斯兰国家组织的黑人民众来说,一种随之而来的变化就是阿拉伯语的《可兰经》替代了英语的《圣经》。有鉴于此,伊利亚高度称颂《可兰经》,称它可以唤醒黑人,可以帮助黑人恢复被夺去的身份,要真正理解《可兰经》就非得懂得阿拉伯语不可。出于对《可兰经》经义解释的需要,教职人员必须很好地掌握阿拉伯文。为培养真正懂得阿拉伯语的人才,伊斯兰国家组织亦创办学校教授阿拉伯语。1963 年,有人在美国参观了一所伊斯兰国家组织创办的穆斯林学校后报道说,他们看到那里的学生们被告诫英语不是他们的本民族语言,他

---

① Ibid, p. 79.
② Abboud, Peter F. *The Teaching of Arabic in the United States: The State of the Art*. Washington DC: Eric Clearinghouse for Linguistics (Ed 024051), 1968, p.18.

们的语言是阿拉伯语。

而对在英语语言环境中的普通黑人成年民众来说完全掌握阿拉伯语几乎是不可能的。对此，伊利亚·穆罕默德要求他的教众，如果他们不能完全掌握阿拉伯语的话，至少在相互见面时使用阿拉伯问候语"As-salaam-alaikum"。1961 年，伊利亚·穆罕默德在亚特兰大民众集会上发表讲话，鼓励穆斯林黑人民众用阿拉伯语进行问候。他说："是的，今天美国的大城市里到处都有穆斯林的身影。如果你去小一点的城市，你也会看到穆斯林。你边走边说'As-salaam-alaikum'，不一会儿，一定会有人回答你'Wa-alaikum-salaam'。"[①] 不仅如此，伊利亚·穆罕默德还发表了题为"As-salaam-alaikum 的意义"的长篇广播讲话。在这篇讲话中他把黑人和白人不能使用同一个问候语的理念发挥到了极致。

"As-Salaam-Alaikum"的问候语是"和平与你同在"的意思。这是个非常非常好的问候用语，西方人不能够用和平一词互致问候，因为他们之间没有和平。如果他们使用了和平问候，那么他们的问候一定是虚假的。使用"和平与你同在"相问候的都是正人君子。他们与上帝和睦、与他人和睦、与自己和睦。因而，他们有理由使用这个问候语。这是一个目前我们知道的最伟大的问候语。[②]

伊利亚·穆罕默德 1934 年开始掌管伊斯兰国家组织，自称为安拉的使者，对组织控制严密。他在伊斯兰国家组织中 40 年的绝对领导地位无人能够挑战。因而，伊利亚·穆罕默德所建立的组织文化对推动阿拉伯语在普通黑人民众中的使用影响巨大。

在伊利亚·穆罕默德的倡导下，他的牧师们也积极推动阿拉伯语的传播。以下两个事例可以再现当年阿拉伯语是怎样在黑人中传播的。1963 年，在阿拉巴马州伯明翰的黑人穆斯林集会上人们看到，牧师走上讲台，先来一句"As-salaam-alaikum"。台下就有"Wa-alaikum-salaam"的回应。

[①] Lomax, Louis. *When the Word Is Given: A Report on Elijah Muhammad, Malcolm X, and the Black Muslim World.* Cleveland, OH: The World Publishing Company, 1963, pp.83-112.

[②] Muhammad, Elijah. Meaning of As-Salaam-Alaikum. *Muhammad Speaks*, http://www.muhammadspeaks.com, unpaged.

然后牧师告诉集会的黑人民众，在白人掠走了他们的父亲，斩断了他们的文化联系之前，阿拉伯语是黑人自己的语言。不久，群情激动，一切都被埋没在"白人的天堂就是黑人的地狱"歌声之中。[①] 足见黑人民众对伊斯兰国家组织关于语言理念的认同。1965 年，400 多名黑人在纽约曼哈顿的百老汇奥杜邦歌舞厅(Audubon Ballroom)等候马尔科姆·X 讲演。最终马尔科姆·X 进入大厅，他向听众问候，"As-salaam-alaikum"，观众回应"Wa-alaikum-salaam"。开始讲演几分钟之后，马尔科姆·X 遭到枪杀。这句阿拉伯语问候语成了这位杰出的黑人领袖留给黑人兄弟的最后一句话。当马尔科姆·X 的死讯以头号新闻刊登在美国各大媒体的时候，这句问候语也长久地嵌入人们的记忆。[②]

20 世纪 60 年代到 70 年代中期，在伊斯兰国家组织的倡导下，一些阿拉伯语渗入到穆斯林黑人社区的生活中。阿拉伯语也成了联结穆斯林黑人感情的纽带，并在他们的生活中发挥着实际作用。1962 年，伊斯兰国家组织抗议洛杉矶警察用枪托殴打黑人。他们集体呼喊"Allahu Akbar"(上帝更伟大)的战斗口号与冲进清真寺的警察对峙。这个事件影响深远，美国穆斯林黑人用他们的阿拉伯语赢得了遥远非洲大陆亲人们的认同。埃及总统和加纳总统如同大多数美国人权领袖一样，先后发表声明谴责洛杉矶暴行。阿拉伯语为美国穆斯林黑人社区赢得的政治支持使黑人相信，阿拉伯语言是他们独立民族文化的重要部分。

1975 年伊利亚去世前，阿拉伯化在伊斯兰国家组织中还在扩大。在伊斯兰国家组织影响所及地区，一些商店和企业纷纷使用阿拉伯语作为商业标志。业主向他们的顾客强调老板是穆斯林，他们提供与宗教相关的产品，如合法清真食品。他们用语言来表示其民族与白人不同。

1975 年，伊利亚的孙子和侄子分别迎娶伊斯兰国家组织重要领袖路易斯·弗拉克汉(Louis Farrakhan)牧师的两个女儿。婚礼分别使用阿拉伯语和英语。同年，伊利亚和他妻子克拉腊(Clara)的葬礼也使用阿拉伯语和英语。这些情况表明，不断增长的阿拉伯语言的使用在美国的穆

116

[①] Louis E. Lomax. *When the Word Is Given: A Report on Elijah Muhammad, Malcolm X, and the Black Muslim World.* Cleveland, OH: The World Publishing Company, 1963, p.112.

[②] Skinner, Thomas. I Saw Malcolm Die. *The New York Post*, 1965-02-22.

斯林黑人社区已经建立起一种新的双重民族文化。但是根据一些学者的判断，伊利亚时期阿拉伯语在穆斯林黑人社区的使用还是表面的和零星的。"大部分穆斯林黑人还保持着美国化，对阿拉伯文化只有一些浪漫的接触。他们对阿拉伯语言只有有限的知识，不过是取一些东西为自己所用而已。"[①]

毕竟，民权运动期间皈依穆斯林社团组织的只是一部分美国黑人，其他广大黑人民众，更多的则选中了非洲的斯瓦西里语(Swahili)作为自己身份再塑的语言和强调自己与非洲联系的标志。美国黑人民众选择斯瓦西里语作为自己的非洲身份的象征是有政治原因的。20世纪60年代，非洲大陆在全球的政治背景中正在经历着从殖民主义手中争取民族解放的斗争。斯瓦西里语在非洲是仅次于阿拉伯语的使用人口最多的语言之一。它跨越若干国界，肯尼亚、坦桑尼亚、乌干达等国，并不断获得一些国家的官方语言的地位。在东非反对欧洲殖民统治的斗争中，它起到了联系不同民族进行有效沟通的作用。泛非主义运动不断将斯瓦西里语推向对抗和取代占主宰地位的欧洲殖民主义语言的地位。比如，非洲著名作家东部的如恩古吉·瓦·提安哥(Ngugi wa Thiong)、西部的如渥雷·索因卡(Wole Soyinka)都在不同时间里倡导过将斯瓦西里语作为泛非语言。非洲海岸大学里斯瓦西里语是一门课程，西非的尼日利亚和加纳的大学里也开设此课。此外，非洲统一组织(Organization of Africa Unity)曾直接宣布斯瓦西里语为非洲大陆语言。当时，在世界范围的无线电广播中，不断可以听到斯瓦西里语节目。综上原因，非洲斯瓦西里语成为与支配地位的英语抗衡的象征，也成为美国黑人最崇尚的语言。[②]

和阿拉伯语在黑人中的传播一样，美国黑人认为非洲语言在黑人中生根的最好方式是通过学校教育。20世纪六七十年代，美国中学和大学要求开设斯瓦西里语课程的呼声很高，在当时的媒体中可以很容易见到黑人学生以示威游行的方式向学校当局提出增设非洲语言课程的

[①]　Walker, Dennis. *Islam and the Search for African American Nationhood: Elijah Muhammed, Louis Farrakhan, and the Nation of Islam.* Atlanta, GA: Clarity Press, Inc., 2005, p.55.

[②]　Mazrui, Alamin. African Languages in the African American Experience, *Language and Literature in the African American Imagination* (Carol Aisha Blackshire-Belay, ed.). Westport, CT: Greenwood Press, 1992, p. 82.

要求。美国黑人除了从学校开设的课程中学习斯瓦西里语以外,出版界也开始出版一些简单的斯瓦西里语的儿童读物,从社会层面上建立一个非洲语言文化氛围。比如在黑人艺术运动中活跃的美国黑人漫画家汤姆·费龄(Tom Feeling)早年听从马库斯·加维的教导,相信美国黑人的家乡就是非洲。20世纪60年代,他就策划为黑人了解非洲或回到非洲做些事情。

汤姆·费龄(Tom Feeling)和他的妻子姆瑞尔·费龄(Muriel Feelings)对非洲的兴趣最终促成他们完成获得凯迪克奖(Caldecott Book)的两本绘画图书:《Moja的意思是一》(*Moja Means One*)和《Jambo的意思是"哈罗"》(*Jambo Means Hello*)。《Moja的意思是一》1971年出版,基本上是一本教育儿童用斯瓦西里语认识数字的启蒙读物。作者在书的前言中称其目的是"使读者了解东非独特生活的东西"。为此目的,汤姆·费龄在绘画中描绘了非洲生活和文化的不同场景。画中有非洲孩子玩"抓子儿"(Mankala)的东非数字游戏,还有非洲男女弹琴、跳舞或集市中贸易的场面。总之,绘画全面地再现了从家庭到社会生活的非洲文化。《Jambo的意思是"哈罗"》出版于1974年。它与前一本书基本一样,用英文字母为标准,向黑人儿童介绍斯瓦西里文字,同时描绘非洲生活。作者介绍说,"通过这样的斯瓦西里语的介绍,非裔孩子们可以通过图书、成年人的介绍和旅行,一点一点学到更多的东西"。作者希望这些书帮助美国黑人儿童有一天能够在非洲使用这种语言。[①]

斯瓦西里语还通过创立黑人节年礼俗的方式深入黑人社区。通常人们对节年风俗礼仪有很强的归属感和依附性。在美国,就圣诞节、感恩节等节日的形成过程和其中包含的历史联想来说是美国白人的节日。长期以来美国黑人没有自己的节年,他们从来到美洲大陆的时候起就附着在白人的节日里,分享一些白人的节年喜庆。同是美国少数裔的中国人和其他少数民族后裔都有自己的节日,因而创建美国黑人自己的节日成为民权运动中黑人集体文化身份重塑的要求。1966年,是美国黑人值得纪念的年份。这一年民权运动活动家、后来的加州大学黑人研究系主任朗·卡伦加(Ron

① Steele, Vincent. Tom Feelings: A Black Arts Movement. *African American Review*, 1998, 32(1):119-124.

Karenga)创建了从 12 月 26 日持续到次年 1 月 1 日的黑人节日宽扎节。宽扎节(kwanzaa)源于斯瓦希里短语 "matunda ya kwanza"，意思是 "第一次水果收获"。宽扎节有连续 7 天的庆祝期，每天庆祝一个主题，又设香案台烛，置办祭物礼物等。宽扎节强调非洲传统，它以一系列斯瓦西里语命名与宽扎节相关诸事，其中七项原则分别为：(1) 团结(Umoja)——代表家庭、社区和种族团结一致；(2) 自律(Kujichagulia)——代表自我管理、对自己的未来负责；(3) 共处(Ujima)——代表共同生活、共同建设社区，合力解决问题；(4) 互助(Ujamaa)——代表合作经济、社区创建自营企业，并以此创收；(5) 目的(Nia)——强调以共同努力建设社区和推动非洲文化发展为目标；(6) 创新(Kuumba)——提倡采纳新思想，建设更加美好和成功的社区；(7) 信念(Imani)——强调尊重非洲祖先、传统和领袖，庆祝过去战胜逆境的历史。这七项原则在宽扎节庆祝活动中通过七件礼仪祭物体现出来。

　　Mkeka——一块稻草或纸质祭物垫，代表非洲传统和历史的根基。

　　Mazao——农作物、果蔬，表示对非洲祖先和农耕的敬意。

　　Kinara——烛台，祭祀始祖之设。

　　Mishumaa——蜡烛七支，分红、绿、黑三色，寓意奋斗的历程。

　　Muhindi——玉米，寓意儿童的未来。

　　Kikombe cha Umoja——团结杯，为酒水容器。

　　Zawadi——礼物，以书本或玩具充之，应象征非洲遗产。

　　在庆祝宽扎节时，参加者象征性地使用斯瓦西里语进行礼仪问答。宽扎节的第一天，即 12 月 26 日，首领或牧师将所属社区黑人居民召集起来，问候大家："Habari gani?"(发生了什么事？)大家用第一项原则的名称回答："Umoja。"第二天首领问候时，众人则用第二天的原则回答："Kujichagulia"(自律)。每日宽扎节礼俗还要集体祈祷，祷词为 "Harambee"(让我们齐心协力)。祈祷完毕，众人或歌唱或追忆往事，讲述宽扎节斯瓦西里语各项名称含义。如是者七天，七项原则轮遍。

　　美国社区对于宽扎节的出现表现出极大的兴趣，它开始出现在美国加利福尼亚州洛杉矶地区，很快在美国各城市黑人社区流行。宽扎节带给美国黑人的不可能是一套完美的非洲语言系统，但是它对非洲语言的强调,足以使美国黑人在心理上得到除了英语以外的文化和语言上的归属感和认同感。

要言之,美国黑人在 20 世纪六七十年代的民权运动中,为追求平等的政治权利展开了全方位的斗争。在文化民族主义的奋斗层面,黑人英语、阿拉伯语和斯瓦西里语处于语言话语的中心地位。

三、《外婆的日用家当》非洲语言情节释义

在《日用家当》中迪伊和她男友使用阿拉伯语和卢干达语向妈妈问候的情节一闪而过,小说给我们提供了很少的信息,无从说明作者的用意。我们从文本上只能得出这样的信息:迪伊的卢干达语不熟练。"Wa-su-zo-Tean-o"这个问候语的各个元音之间以短杠连接起来,表明迪伊使用这个问候语并不流利,迪伊口中的卢干达语是一个一个字蹦出来的。这句问候语的正确音节分法应为"wasuze tya no"。此外,我们可以看出妈妈对两个年轻人使用非洲语言是持一种冷漠和否定的态度的。这种否定态度在妈妈嘲笑迪伊男友的非洲名字和以讥讽的口吻称呼迪伊为"万杰罗小姐"时体现出来。然而,小说的作者艾丽斯·沃克并没有直接对小说中两个黑人青年男女使用非洲语言进行问候一事直接表明自己的态度。妈妈对所有事物的态度和看法并不等于作者的态度和看法。通观《日用家当》这篇短篇小说,沃克在人物塑造方面有意把妈妈打造成一个旧式南方妇女的形象。如笔者在第一章所言,沃克写作《日用家当》的实质是对母亲日常生活的批判。因此,从逻辑的角度推断,在现实中作者沃克应该持一种与妈妈相反的态度。也就是说,作者从心底里对美国黑人在民权运动中追求独立的文化—语言身份是持支持态度的。

沃克对文化—语言身份追求的支持可以从几个方面来分析。迪伊和她男友所使用的问候语属于两种不同的非洲语言,阿拉伯语和卢干达语(卢干达语与斯瓦西里语同属非洲东部祖卢语言)。根据上一节对美国黑人在民权运动中对非洲语言追求语境的回放,我们明显感觉到沃克在写作上使用了一个类比的象征手法,即阿拉伯语和卢干达语(或斯瓦西里

语)分别代表着民权运动中两种不同的争取权利的方式。如同以前提到的那样，20 世纪 60 年代中期，美国黑人争取平等权利的斗争出现了令人痛心疾首的内部裂痕。以马尔科姆·X 为主要发言人的伊斯兰国家组织在斗争中更强调一种与白人势不两立的"不惜采用任何必要方式"的反抗；而以马丁·路德·金领导的更为声势浩大和持久的斗争则强调在宪法的框架内通过请愿、投票、选举、游行抗议来达到目的。这两种理念各据其理，相互攻讦讥诮，似乎非此即彼，没有调和的余地。1965年和 1968 年随着两位领导人相继遭到暗杀，分离主义的暴力反抗和融入主义的非暴力反抗遂成为美国黑人过去斗争的历史记录和不可更改的遗产。

　　我们有理由相信，大多数黑人民众希望他们的斗争是团结的，他们希望过去的分裂并不存在，倘若果真过去曾经存在的话，那么这些分裂应该是可以得到弥合的。如果说，在两位杰出的黑人领袖生前，人们关注的是他们的斗争理念有什么不同的话，那么在他们故去之后，人们则更多地关注他们之间的共同之处和相似之处。1964 年 3 月 26 日，美国很多报刊都刊登了马丁·路德·金博士和马尔科姆·X 牧师两位黑人领袖第一次相见的照片。照片上两位黑人领袖握手言欢，根本看不出他们之间有什么不睦。这是两位黑人领袖留在世上的唯一一张合影照，这是一张代表黑人团结的照片，这张照片给予黑人一种暗示，即将来黑人运动的方向和前途在于团结。[①] 11 个月之后，马尔科姆·X不幸饮弹身亡，他和金博士预定的两个月之后共谋黑人运动发展前景的第二次见面遂成泡影，而两位领袖最终也没有机会将他们唯一的一次见面时的团结暗示变成公开的声明。大多数美国黑人领袖都没有意识到金和马尔科姆之间在生前的最后一段时间已经达成一些默契，他们在 1968 年金罹难后都认为他们两位的矛盾是不可调和的。当时，黑人民众被告知在两种理念中选择其一。他们没有认识到其实两者对种族问题都各自提出了部分的解决方案。斯坦福大学教授克雷波恩·卡尔逊(Clayborne Carlson)在他的研究中写道：与他们众多的追随

[①] Carlson, Clayborne. The Unfinished Dialogue of Martin Luther King, Jr. and Malcolm X. *OAH Magazine of History*, 2005: 22-26.

者不同,在两位黑人领袖生命的后期,他们向外界发出的基本信息是相互包容而不是相互矛盾的。他们都认为在黑人社区建立强有力的由黑人领导的组织机构与在美国政治体制中取得平等权利之间并不存在矛盾。他们已经懂得取得一个目标的胜利就是对实现另一个目标的支持。如果他们各自都活着,他们会告诫各自的追随者,他们之间的分歧比起他们共同参与的种族进步斗争并不重要。马尔科姆·X 认识到非暴力手段战术可以予以更积极地利用,它是任何群众斗争的主要手段。从马丁的角度讲,在政治理念上他坚持甘地的非暴力主义,但是他越来越多地认识到正当的种族觉悟驱动的群众激愤是美国黑人发展的基础。他在生命中最后发表的文章里说:"对美国黑人的反叛并不悲戚,黑人如果没有明确的激情,规避和因循就会无限地延续。"[①] 当卡尔逊作这番表述的时候,民权运动已经时过境迁了。美国黑人运动的裂缝能够弥合的美好愿望在后来的学者那里已经变成了具有说服力的真实。

很明显,在《日用家当》里,沃克设计的这两个年轻人代表着民权运动中最重要的两种力量。这两种力量结合在一起时不断地发生冲突,这种冲突其实代表着现实中马尔科姆·X 和马丁·路德·金所代表的两种理念及他们各自追随者势力之间的冲突。笔者在第五章中曾讨论过迪伊和她男友在饮食习惯上的差别,迪伊能以极大的热情享用心灵食品,而她男友则拒绝吃猪肉和羽衣甘蓝。这种冲突代表着现实中,各种美国黑人对他们饮食文化遗产理解不同的政治歧见。而在这一章,两个年轻人各用不同的非洲语言向妈妈问候同样反映出现实中美国黑人在追求独立的文化—语言身份时不同势力的不同理念。然而,沃克的意愿是让两个年轻人成为眷属,成为用婚姻连接起来的一家人。在小说成书的 1973 年,沃克要使两个年轻人结成夫妻的意愿,可以理解为对弥合黑人内部分歧的一种渴望。在谈到小说中两个年轻人的婚姻关系时,沃克借用妈妈的口吻说:"他们没有告诉我,我也没有问,迪伊是否真的嫁给了他。"作者沃克非同寻常地把这句话放

[①] Carlson, Clayborne. The Unfinished Dialogue of Martin Luther King, Jr. and Malcolm X. *OAH Magazine of History*, 2005: 22-26.

在了括号里。过去，我们认为这是小说中一句很难理解的话。我们只能理解为，两个年轻人的婚姻前途未定。而现在我们从渴望黑人团结的角度来理解，这句话就变得容易了。现实中，虽然沃克希望黑人能够消除分歧，团结起来，但是黑人运动的理念分歧是否真能弥合，沃克是没有把握的。这也反映出那个时代刚刚参与了争取权利斗争的众多黑人的一种共同心理状态。

　　在另一个分析层面上，我们注意到迪伊所选择的非洲语言是与斯瓦西里语接近的东非语言中的卢干达语。作者沃克为迪伊选择这种语言不是没有用意的。民权运动中，美国黑人在独立文化身份的追求过程中往往面临着内部的意见分歧，也常遭到来自外部敌意的攻击。如前所述，一种对黑人使用斯瓦西里语的理论攻击就声称，美国前黑人奴隶来自非洲西部，而斯瓦西里语是东部非洲语言，美国黑人热衷的斯瓦西里语并不能代表他们的根，以此从理论上为黑人高涨的文化民族主义热情泼冷水。除此之外，在与宽扎节相关的话语中也可感觉到某些文字的敌意。自从宽扎节面世以来，对它的诽谤声就从没有间断。敌视的矛头对准了宽扎节任何一个可以攻击的节点。首先是对宽扎节创始人郎·卡伦加的人身攻击。卡伦加 1966 年创建宽扎节的同时，组建了名为"团结奴隶(United Slaves Organization 简称：USO)"的黑人激进政治组织，与当时激进政治团体"黑豹党(Black Panther)"互不归属，时常为黑人社区的政治领导权利发生矛盾。20 世纪 60 年代末，这种矛盾激化，在加州大学校园酿成血案。卡伦加则卷入刑事案件之中，于 1971 年获刑入狱，1975 年方才获释。为此，丑化宽扎节的舆论为卡伦加戴上各种各样的帽子，强奸犯、种族主义者、杀人犯等。其次，对宽扎节的来历也颇有微词。宽扎节的创办者曾自称这个节日是继承了非洲收获节日的传统，而非洲"第一次丰收的庆祝节日在非洲历史上可以追溯到古代埃及和努比亚"。反对者指出，宽扎节是在冬至时节举行，而此时不是丰收的季节，庆祝丰收没有理由在冬至时节举行。如果宽扎节真的要追寻非洲庆丰收的传统的话，那也应是在丰收的季节，并且宽扎节的食品玉米也不是非洲食品。此外，敌视的舆论认为宽扎节礼俗所用黑、红、绿三色蜡烛有极强的种族主义色彩，因为其中没有白色。对于宽扎节所依凭的斯瓦西里语的攻击更是不断。反对的声音认为斯瓦西里语既不是如同卡伦加所说的非洲第一大使用语言，也不是美国黑人祖上使用的语言，因而宽扎节是对历史编造的结果。① 对于宽扎节系统化的诋毁虽然是这十几年的事，但是对宽扎节真实性的质疑在其诞生的 20 世纪六七十年代就可以找到踪迹。在有关斯瓦西里语和宽扎节话语形成过程中，我们可以析出两种对立的话语权利。一种是对美国黑人向非洲寻求文化身份过程中具体做法上的苛责。这种话语权利成分拘泥于对美国黑人行为的细节讨论，比如黑人选取非洲名字时是否理解其含义，非洲是否有庆丰收的传统，美国黑人远祖的语言是东部语言还是西部语言，以及玉米是否产生于非洲等。在这种话语权利成分中很明显包含着对黑人运动的一种嘲笑，如果不是敌视的话。另一种话语权利成分是在美国黑人向非洲寻求文化身份根源时的泛非主义主张。美国黑人的非洲意识觉醒都将重点放在非洲大陆的统一性上，而不是把非洲区域化。非洲各国反对欧洲殖民主义压迫的斗争是一种为了共同目的进行的斗争，这种反对欧洲殖民主义压迫的斗争和美国黑人反对白人种族主义压迫的斗争中存在着共同的命运感。在泛非主义的理念中，非洲祖先庆祝丰收是在秋季或冬季并不重要，他们使用的非洲名字含义准确与否也不重要，重要的是他们斗争的泛非主义的共同性。对泛非主义者来说，斯瓦西里语是不是美国黑人祖上的语言也没有多大意义。正如阿拉敏·马兹瑞教授所言，对于在泛非主义影响下的美国黑人来说，"任何一种非洲语言都可能成为一种共同的鼓舞人的语言来源和美国黑人新觉醒的象征表述。斯瓦西里语正是这一目的的自然选择"②。在文化寻根的话语分析的语境中，我们可以对沃克令小说人物迪伊使用东非卢干达语对母亲进行问候给出一个解释，即对作者沃克或迪伊来说，她们并非不知道卢干达语或斯瓦西里语不是她们祖上的语言，她们之所以选择卢干达语，是因为在她们看来，任何一种非洲语言的使用都是美国黑人觉醒的政治标志。

在阅读《日用家当》中，在妈妈的叙事主导下，迪伊和其男友的非

① Cheston, Duke. The Truth about Kwanzaa. *Carolina Review*, 2008, 16(4):12.
② Mazrui, Alamin. African Languages in the African American Experience, *Language and Literature in the African American Imagination* (Carol Aisha Blackshire-Belay, ed.). Westport, CT: Greenwood Press, 1992, p.83.

洲语言实践成了一种毫无意义的肤浅表演。这个场景给读者留下的印象
与现实中美国黑人民族文化—语言身份的成就并不一致。在现实中，美
国黑人在 20 世纪六七十年代对于文化身份重塑的努力，得出的硕果并
不仅仅限于用一种非洲语言进行问候。他们的努力很大程度上改变了自
己文化和语言身份缺失的状况。这些成果在民权运动落下帷幕之后，逐
渐凸现出来。

　　追求"黑人英语"的独立语言地位是民权运动时代一些黑人学者和
作家努力和奋斗的方式。他们通过使用黑人英语书写来教导黑人民众，
黑人英语不是所谓标准欧式英语的变种，黑人也不必为自己的语音不同
于欧式英语而羞愧或自责。这些黑人学者和作家的理念通过大众读物和
各种媒体的传播逐渐渗入美国社会各个角落。黑人英语独立地位的理念
也逐渐具体化为美国权力机构需要解决的政治或教育议题。1996 年 12
月 18 日美国加利福尼亚州奥克兰市学校董事会一致通过了一个两页长
的决议，宣称该市教育董事会正式承认黑人英语(Ebonics, African
language Systems, Pan African Communication Behaviors)及其文化历史
基础的存在。美国黑人使用的黑人语言是他们的第一语言。为帮助黑人
学生获得或掌握英语语言技巧以及其他目的，相关教学负责人应立即采
取措施在美国黑人学生中使用黑人英语教学，并拨出专款，加强学术和
教育投入来实现决议所言事项。① 很明显，这一有利于黑人学生的教
育决议的产生是与美国黑人长期以来追求独立文化身份分不开的。1996
年，奥克兰市学校董事会的决议一经发表立即引发美国其他黑人居民集
中地区的响应，各地教育组织立即发表声明表示支持这一决议。尽管这
一决议仅仅是一个地区性的决议，而且，这一决议也引起了不少的猜忌
和非议，但是美国黑人为黑人英语的努力已经取得实质上的成果却是一
个不可否定的事实。

　　进入 21 世纪，阿拉伯语和斯瓦西里语在美国的传播经过美国黑人
及其他有志之士几十年的努力，情况也发生了很大的变化。美国各种教
育机构中普遍设置了阿拉伯语和斯瓦西里语课程。就阿拉伯语而言，根

---

① Oakland School Board. Oakland School Board Resolution on Ebonics. *Journal of English Linguistics*, 1998, 26(2):172-174.

据美国阿拉伯与教师协会(American Association of Teachers of Arabic)提供的信息,目前至少有 150 所以上的美国大学设有与阿拉伯语相关的课程。斯瓦西里语的教学在学校也得到充分的发展。正如阿拉敏·马兹瑞所描述的那样,如今非洲语言在美国大学和高中广泛教授。美国黑人寻求学习非洲语言的权利在美国已被广泛认可。美国国家的语言政策也清晰地承认了非洲语言的教学。这种语言教学的目的是"培养英语以外的语言教学使英语使用者能够重新发现自己的语言遗产或学会第二种语言"。可以肯定,这些语言项目的出现正是 20 世纪 60 年代美国校园内黑人争取民权斗争的产物。[①]

与斯瓦西里语息息相关的宽扎节,尽管不断遭到来自不同角度的诋毁,经过几十年的发展,这个人为设计的节日已经在美国成为真正意义上的黑人节日。据《乌木》杂志 2000 年第 12 期刊出的文章说:市场专家估计 2000 年,500 万美国黑人家庭将会以各种形式庆祝宽扎节。另据《新危机》杂志 2001 年最后一期文章转述《纽约时报》的数据说,当年有 1800 万美国黑人欢庆宽扎节。在圣诞前后的节日季节里,美国各超市连锁店货架上都摆出与宽扎节有关的贺卡、广告、海报等。各大报纸也每年一次地刊登文章向读者解释宽扎节的来历和意义。越来越多的学校、教堂把宽扎节庆祝活动列入节日期间的活动项目。1997 年美国邮政发行了一套宽扎节主题邮票,总统在宽扎节期间也通电全国表示祝贺。总之,迪伊等民权运动活跃分子为民族平等所付出的努力没有白费,语言民族主义在努力耕耘几十年后,终于得到了丰硕的收获。

[①] Mazrui, Alamin. African Languages in the African American Experience, *Language and Literature in the African American Imagination* (Carol Aisha Blackshire-Belay, ed.). Westport, CT: Greenwood Press, 1992, p.79.

余 论

文本与语境的互文关系是新历史主义批评理论关注的核心。一些赞成新历史主义批评的人把文本比作"羊皮纸"。在他们眼里文本如同西方旧时书写用的羊皮纸。彼时用羊皮纸书写略显昂贵，于是用完之后，将羊皮纸上字迹磨掉，再行书写，如此反复再三。旧有书写痕迹难于完全磨掉，在新文本中旧文本依稀可辨。仔细辨别，旧文本之前还有旧文本。这是新历史主义批评对待文本的比喻之一。这些依稀可辨的旧文本就是语境。新文本与旧文本之间的关系乃是文本与语境的关系。在这种比喻之中，新旧文本尚有个可以分辨的界限。

而更有人将文本比作天体中的"黑洞"[①]。在这个动态空间中，文本黑洞形成时以其巨大吸引力不断地吞噬和收纳一切它可以吸进去的东西。文本与语境的关系变得越来越复杂，越来越倾向于包罗万象。传统上被看成语境的东西，成了文本的另一个方面，成了一种文本的延伸，文本与语境的界限变得日益模糊，或者说文本变得越来越开放。在文本黑洞的比喻中文本是无界的。

于是文本止于何处成了另外一个问题。它止于书写吗？其实这个问题早在巴特的"文本理论"中，就有过解答。在巴特那里文本虽然终止于书写，但是，他认为文本是一种在著作中能够感受到，充溢在完成的结构中的东西。它要求读者主动参与，使其产生出来。当然，每种不同的参与产生不同的文本。这样的文本观不但颠覆了文本的稳定性，而且

[①] Caliskan, Sevda. Text and Context: Where Does a Text End? *Journal of Arts and Science*, 2005: 63-70.

使文本的终止点从书写结束，又随着读者的阅读和批评无限延续下去。这种情况在文学文本中显得尤为突出。

《日用家当》小说篇幅虽然很短，但是在笔者眼中，它却像是一幅无尽的历史画卷，记录着美国 20 世纪六七十年代的种种社会场景，而这些场景又将读者的思绪带到更广阔、更深邃的现实空间。它的每一部分都值得仔细观赏、把玩和探究。在情节和内容上，笔者探讨了以前被忽略了的若干场景和情节。在迪伊家的拼花被子遗产这个情节上，虽然拼花被子在小说中被迪伊确认为遗产，但是从这篇短篇小说的文本完成的结构中，利用文本细读的方法，我们非常难以确定它究竟是哪一种遗产。拼花被子遗产的含义是隐而不见的，对不同文化背景的读者，拼花被子这个遗产赋予小说的含义更不能被理解。迪伊的发式、迪伊的饮食、迪伊的更名及使用非洲语言，以及迪伊穆斯林男友出现，都是构成小说的基本情节和场景。

在国内，由于大部分的批评者都在人物分析上下工夫，都在文本内部下工夫，因而忽略了这些情节或场景在小说中含义的解读。就这些场景和情节本身而论，由于它们都是些孤立的情节，它们在文本中的意义是不明确的。它们和故事的其他部分缺少必要的呼应。作为不同文化背景的读者，如果不了解美国民权运动时代，不了解黑人的历史文化，不了解这些话题的相关政治权利话语，则会非常容易忽视或者误读这些看似漫不经心的随意描写。笔者之所以声称采用了新历史主义的批评视角和方法，是因为本项研究刻意在这些用意不明的情节场景和历史语境之间搭起了一座桥梁。这座桥梁联通了被阻断了的文学文本和历史语境之间的空间，使文学文本中断裂和缺失的部分得到一些补充和修复。其结果是，那些看来几乎没有什么联系的情节和场景显示了出人意料的含义。拼花被子的遗产包括了政治遗产、家庭历史遗产和艺术遗产；迪伊和她男友的发式代表了一种政治反抗的诉求，也是引起妈妈不快的原因之一；迪伊和她穆斯林男友的饮食代表了民权时代"心灵食品"的话语中诸多权利中的两种力量；迪伊更改名字和使用非洲语言也能在民权运动中的语言民族主义之中得到定位；迪伊和穆斯林的结合则代表美国黑人对于运动团结问题的期待和向往。

从新历史主义的批评视角看，《日用家当》还有另外一些孤立情节和内容也存在着值得深入解读的情况。比如，引起姐姐迪伊幸灾乐祸，妹妹麦姬满身烧伤的那场大火究竟在黑人文化中象征着什么？作者艾丽斯·沃克心中的旧房子和新房子代表着什么？迪伊出场时，身穿肯尼亚长袍仅仅是一种个人的风格吗？迪伊利用"拍立得"进行拍照时，为什么要把牛和房子都收进镜头？妈妈这个黑人妇女形象的设计是出于随意，还是富含寓意。这些问题虽然我们间或能够得到只言片语的评论，但是，这些评论远远不能使读者得到满意的解答。沃克在小说结束时令妈妈和妹妹使用含烟的情节，几乎没有被任何评论者提到过。甚至在汉语版本的翻译中，这个使用含烟的情节被误译成了享用草莓汁。这直接影响了读者对小说的理解。那么沃克为什么要安排这个使用含烟的情节呢？沃克没有说明这个情节的含义，它的合理解读，以及其他晦涩的情节只能通过读者对语境的参与，从外部去搜寻。

尽管新历史主义的文学批评方法遭到过一些误解和诟病，但笔者认为，新历史主义的文学批评方法是有效而强大的。新历史主义作为批评方法应该有特定的处于中心地位的文本对象。这就同女性主义批评、心理学批评方法、后殖民主义批评方法都有特定的文本批评对象一样。离开了适用文本，新历史主义批评也无所施其功效。那些历史题材、内容断裂、情节跳跃、用意晦涩、牵连异域文化的作品，如果在内部的探寻中，文本的张力难以舒展的话，使用文本无界的新历史主义批评方法则往往奏功。

附　录　《外婆的日用家当》及汉译

Everyday Use for Your grandmama[①]—Alice Walker
外婆的日用家当——艾丽斯·沃克

I will wait for her in the yard that Maggie and I made so clean and wavy yesterday afternoon. A yard like this is more comfortable than most people know. It is not just a yard. It is like an extended living room. When the hard clay is swept clean as a floor and the fine sand around the edges lined with tiny, irregular grooves, anyone can come and sit and look up into the elm tree and wait for the breezes that never come inside the house. Maggie will be nervous until after her sister goes: she will stand hopelessly in corners, homely and ashamed of the burn scars down her arms and legs, eying her sister with a mixture of envy and awe. She thinks her sister has held life always in the palm of one hand, that "no" is a word the world never learned to say to her.

　　我将在这院子里等待她的到来。我和麦姬昨天下午把院子打扫得干干净净，草坪也修剪得起伏有致。这样的院子比一般人想象的要舒服，它不仅仅是一个院子，简直就是扩展出来的客厅。当院子里的泥土地面被打扫得像屋里的地板一样干净，周边的沙土上布满不规则的细纹时，任何人都想进来坐一下，抬头仰望一下院中的榆树，等着享受从来吹不进屋内的微风。麦姬在她姐姐离开之前将会一直心神不定：她会失落地站在角落里，为自己丑陋的面容以及臂上和腿上的灼痕而自惭形秽，她会怀着羡慕而敬畏的心情望着她姐姐。她觉得她姐姐真正地掌握了生活的命运，世界还没有学会对她说半个"不"字。

[①] Everyday Use for Your grand

You've no doubt seen those TV shows where the child who has "made it" is confronted, as a surprise, by her own mother and father, tottering in weakly from backstage. (A Pleasant surprise, of course: What would they do if parent and child came on the show only to curse out and insult each other?) On TV mother and child embrace and smile into each other's face. Sometimes the mother and father weep, the child wraps them in her arms and leans across the table to tell how she would not have made it without their help. I have seen these programs.

你一定从电视上看到过这样的场面，"功成名就"的儿女突然看到父母颤颤巍巍地从后台走了出来。(当然，那一定是令人喜悦的场面：假如电视上的父母和儿女一见面就相互攻讦、相互羞辱，那会是怎样的情景呢？)在电视上，母亲和儿女见面总是相互拥抱和微笑。有时父母会泪流满面，而那成功了的孩子则会紧紧地拥抱他们，从桌子另一端俯身告诉他们说若没有他们的帮助，她自己就不会有今日的成就。我自己就看过这样的电视节目。

Sometimes I dream a dream in which Dee and I are suddenly brought together on a TV program of this sort. Out of a dark and soft-seated limousine I am ushered into a bright room filled with many people. There I meet a smiling, gray, sporty man like Johnny Carson who shakes my hand and tells me what a fine girl I have. Then we are on the stage and Dee is embracing me with tears in her eyes. She pins on my dress a large orchid, even though she has told me once that she thinks orchids are tacky flowers.

有时候我会做这样的梦，梦里迪伊和我突然成了这种电视节目的主角。我从一辆黑色带软坐垫的豪华轿车上一下来，被引进一间宽敞明亮的屋子，屋里有许多人。其中一个身材健硕，头发有些灰白，满面笑容的男子迎上来和我握手，并对我说我养育了个好女儿。这人有点像著名电视节目主持人约翰尼·卡森。然后，我们来到台前，迪伊热泪盈眶地拥抱着我，她把一朵大大的兰花别在我的衣服上，尽管她曾对我说过兰花很俗气。

In real life I am a large, big-boned woman with rough, man-working hands. In the winter I wear flannel nightgown to bed and overalls during the day. I can kill and clean a hog as mercilessly as a man. My fat keeps me hot in zero weather. I can work outside all day, breaking ice to get water for washing; I can eat pork liver cooked over the open tire minutes after it comes steaming from the hog. One winter I knocked a bull calf straight in the brain between the eyes with a sledge hammer and had the meat hung up to chill before nightfall. But of course all this does not show on television. I am the way my daughter would want me to be: a hundred pounds lighter, my skin like an uncooked barley pan-cake. My hair glistens in the hot bright lights. Johnny Carson has much to do to keep up with my quick and witty tongue.

在现实生活中，我是一个大块头、大骨架的妇女，有着干男人活儿的粗糙双手。冬天我穿法兰绒睡衣睡觉，白天则身穿工作装。我能像男人一样狠狠地屠宰生猪并收拾干净。我身上的脂肪使我能抵御冬季的严寒。我能整天在户外干活儿，破冰取水洗衣。我能把从刚宰杀的猪体内取出的热气腾腾猪肝在明火上烤着吃。有一年冬天，我用一把大铁锤击倒一头公牛，锤子正打在小牛两眼之间的脑门上。不到天黑，我就已经把牛肉挂起来晾着了。不过，这一切当然都没有在电视上出现过。在电视里我是以女儿希望的样子出镜的：体重减去了一百磅，皮肤像还没入锅的大麦面饼那样细腻，头发在灯光的照耀下闪闪发亮。我口齿利索，妙语连珠，就连约翰尼·卡森也望尘莫及。

But that is a mistake. I know even before I wake up. Who ever knew a Johnson with a quick tongue? Who can even imagine me looking a strange white man in the eye? It seems to me I have talked to them always with one foot raised in flight, with my head turned in whichever way is farthest from them. Dee, though. She would always look anyone in the eye. Hesitation was no part of her nature.

"How do I look, Mama?" Maggie says, showing just enough of her thin body enveloped in pink skirt and red blouse for me to know she's there, almost hidden by the door.

"Come out into the yard," I say.

Have you ever seen a lame animal, perhaps a dog run over by some careless person rich enough to own a car, sidle up to someone who is ignorant enough to be kind of him? That is the way my Maggie walks. She has been like this, chin on chest, eyes on ground, feet in shuffle, ever since the fire that burned the other house to the ground.

可是，这只是在梦境，我在醒来之前就知道了。谁听说过约翰逊家的人曾伶牙俐齿？谁能想象我敢正视一个陌生的白人？我跟他们搭话时，总是万分紧张，随时准备逃走。我的头总是转到离他们最远的方向。不过，迪伊就不这样。她总是直勾勾地盯着任何人。犹豫不决可不是她的个性。

"我看上去怎么样啊，妈妈？"这是麦姬的声音。她瘦小的身躯几乎被粉红色裙子和红色外衣完全裹住。她躲在门后，只露出一部分身子让我看。

"快出来，到院子里来。"我说。

你有没有见过瘸腿动物，比如说一条被莽撞而有钱人的汽车压伤后的狗，侧身向一个无知的好心人走去时的样子？我的麦姬走路时就是那个样子。自从那次大火烧毁房子之后，她一直是这个样子，含胸缩颈，目光不离地面，走路拖着脚。

Dee is lighter than Maggie, with nicer hair and a fuller figure. She's a woman now, though sometimes I forget. How long ago was it that the other house burned? Ten, twelve years? Sometimes I can still hear the flames and feel Maggie's arms sticking to me, her hair smoking and her dress falling off her in little black papery flakes. Her eyes seemed stretched open, blazed open by the flames reflected in them. And Dee. I see her standing off under the sweet gum tree she used to dig gum out of; a look at concentration on her face as she watched the last dingy gray board of the house fall in toward the red-hot brick chimney. Why don't you do a dance around the ashes? I'd wanted to ask her. She had hated the house that much.

迪伊的肤色比麦姬白一些，头发好一些，身材也略为丰满。她现在已是成年女子了，不过我经常忘记这一点。那座房屋被焚毁是多久以前的事？十年？十二年？有时我似乎还能听到火焰燃烧的呼呼响声，可以感到麦姬的手紧紧地抓住我，看到她的头发在冒烟，她的衣服在火中一片片脱落的情景。当时她的眼睛睁得大大的，亮亮地反射出闪烁着的火苗。还有迪伊，我见她远远地站在那棵她经常挖取香脂的枫香树底下观望。当房屋的最后一块焦黑的木板倒向烧红了的砖质烟囱时，她脸上呈现出一副非常专注的神色。你干吗不围着那堆废墟跳个舞？我当时想这样问她。她对那所房屋厌恶得要命。

I used to think she hated Maggie, too. But that was before we raised the money, the church and me, to send her to Augusta to school. She used to read to us without pity, forcing words, lies, other folks' habits, whole lives upon us two, sitting trapped and ignorant underneath her voice. She washed us in a river of make-believe, burned us with a lot of knowledge we didn't necessarily need to know. Pressed us to her with the serious way she read, to shove us away at just the moment, like dimwit, we seemed about to understand.

Dee wanted nice things. A yellow organdy dress to wear to her graduation from high school; black pumps to match a green suit she'd made from an old suit somebody gave me. She was determined to stare down any disaster in her efforts. Her eyelids would not flicker for minutes at a time. Often I fought off the temptation to shake her. At sixteen she had a style of her own' and knew what style was.

过去我以为她也厌恶麦姬。但那是在教堂的人和我筹钱送她到奥古斯塔上学之前的事。那时她常向我们漫不经心地读点什么。她将别人的话、谎言、别人的习惯以及整个生活强加于我俩。在她朗朗的阅读声中，我和麦姬一无所知地呆坐在那里。她对我们灌输一大堆编造出来的事物以及我们根本不需要知道的知识。她强迫我们听她读那些乏味的书，把我们当成弱智者，当我们刚有点似懂非懂的时候，又把我们挥之而去。

迪伊好打扮。中学毕业时她要了一件黄色薄纱连衣裙去参加毕业典礼，她又要了一双黑色浅口皮鞋，为的是与绿色套服配着穿。那套服是她用别人送我的旧衣改制的。她索要什么东西时总是不达目的不罢休，她可以一连好几分钟不眨眼地死瞪着你，有时我真想过去摇摇她。到十六岁时她开始形成自己的风格，她知道什么叫时髦。

I never had an education myself. After second grade the school was closed down. Don't ask me why. in 1927 colored asked fewer questions than they do now. Sometimes Maggie reads to me. She stumbles along good-naturedly but can't see well. She knows she is not bright. Like good looks and money, quickness passed her by. She will marry John Thomas (who has mossy teeth in an earnest face) and then I'll be free to sit here and I guess just sing church songs to myself. Although I never was a good singer. Never could carry a tune. I was always better at a man's job. I used to love to milk till I was hooked in the side in '49. Cows are soothing and slow and don't bother you, unless you try to milk them the wrong way.

我自己从未受过教育。我上完小学二年级时，学校关门了。别问我为什么：在 1927 年时有色人种不像现在问这么多问题。有时麦姬也给我读点东西。她温厚地、结结巴巴地读着，因为她看不清楚。她知道自己不聪明。正如姣好的容貌和金钱一样，机敏也没有光顾她。不久她就要嫁给约翰·托马斯了(他诚实的面孔上长着一口发绿的牙齿)。麦姬结婚后，我将闲待在家里，也许只对自己唱唱教堂歌曲。尽管我从来唱不好，总是走调，我对于男人活儿却是更在行。我过去喜欢挤牛奶，直到 1949 年我的肋部被牛顶伤了为止。母牛生性恬静、行动缓慢，不会伤害人，除非你挤奶时动作不得法。

I have deliberately turned my back on the house. It is three rooms, just like the one that burned, except the roof is tin: they don't make shingle roofs any more. There are no real windows, just some holes cut in the sides, like the portholes in a ship, but not round and not square, with rawhide holding the shutters up on the outside. This house is in a pasture, too, like the other one. No doubt when Dee sees it she will want to tear it down. She wrote me once that no matter where we "choose" to live, she will manage to come see us. But she will never bring her friends. Maggie and I thought about this and Maggie asked me, "Mama, when did Dee ever have any friends?"

She had a few. Furtive boys in pink shirts hanging about on washday after school. Nervous girls who never laughed. Impressed with her they worshiped the well-turned phrase, the cute shape, the scalding humor that erupted like bubbles in lye. She read to them.

When she was courting Jimmy T she didn't have much time to pay to us, but turned all her faultfinding power on him. He flew to marry a cheap city girl from a family of ignorant flashy people. She hardly had time to recompose herself.

我故意背对着这房子。这房子有三个房间，屋顶是锡皮的，其他方面都与被烧掉的那所房屋一样。现在没有木瓦屋顶了。房子没有真正的窗户，只在墙上挖了几个不圆不方的洞，有点像船的舷窗。窗格子向外开，用生牛皮绳吊起来。这房子也像那所被烧的房子一样建在牧场上。毫无疑问，只要迪伊看见这所房屋，她定要毁掉它。她曾写信告诉我说，无论我们"选择"何处定居，她都会设法来看我们，但是她不会带她的朋友上门。麦姬和我对这话考虑了一会，麦姬问我："妈妈，迪伊什么时候有过朋友的呀？"

她有过几个朋友的。洗衣日放学后有几个穿粉红衬衣的男孩曾在附近鬼鬼祟祟地逛游；还有几个紧张兮兮不苟言笑的女孩儿。他们为她所吸引，崇拜她得体的言语、她的漂亮身材以及她那像肥皂水里的泡泡那样尖酸的幽默。她也为他们读书。

　　她在追求吉米的那段日子里，没有时间来和我们瞎混。她把全部挑刺儿的本领都用在了他身上。可他却很快娶了个愚昧而庸俗的下等城市姑娘。当时她难过得很，冷静不下来。

When she comes I will meet—but there they are!

Maggie attempts to make a dash for the house, in her shuffling way, but I stay her with my hand. "Come back here," I say. And she stops and tries to dig a well in the sand with her toe.

It is hard to see them clearly through the strong sun. But even the first glimpse of leg out of the car tells me it is Dee. Her feet were always neat-looking, as it God himself had shaped them with a certain style. From the other side of the car comes a short, stocky man. Hair is all over his head a foot long and hanging from his chin like a kinky mule tail. I hear Maggie suck in her breath. "Uhnnnh," is what it sounds like. Like when you see the wriggling end of a snake just in front of your toot on the road. "Uhnnnh."

　　她回到这儿时，我要去迎接她——这不，他们已经到了。

　　麦姬拔腿就一拐一拐地要往屋里跑去，被我拦住。"回来。"我说。麦姬停了下来，不住地用脚趾在地上挖穴。

　　在太阳的强光下很难看清东西，但我第一眼看见从车上伸出的那条腿就知道那是迪伊。她的腿看起来总是那么修长，好像上帝亲自为她定做的似的。从车的另一边走下来一个矮胖男人，一英尺多长的头发覆盖在头上，又从下巴边垂下，像鬈曲的骡子尾巴。我听见麦姬吸气的声音，听起来像是"呃"音，就像你在路上发现一条扭动着尾巴的蛇时发出的声音。"呃。"

Dee next. A dress down to the ground, in this hot weather. A dress so loud it hurts my eyes. There are yellows and oranges enough to throw back the light of the sun. I feel my whole face warming from the heat waves it throws out. Earrings gold, too, and hanging down to her shoulders. Bracelets dangling and making noises when she moves her arm up to shake the folds of the dress out of her armpits. The dress is loose and flows, and as she walks closer, I like it. I hear Maggie go "Uhnnnh" again. It is her sister's hair. It stands straight up like the wool on a sheep. It is black as night and around the edges are two long pigtails that rope about like small lizards disappearing behind her ears.

　　接着我看见了迪伊。在这样大热天里，她竟穿着一件拖地长裙。裙子色彩耀眼夺目，大块鲜亮的黄色和橙色的布料可以反射出太阳的光线。我感到我整个脸颊都被它烤得热烘烘的。黄金耳环垂到肩上。当她举起胳臂去抖动腋窝部衣服上的皱褶时，臂上手链叮当作响。她衣裙宽大，迎风飘荡。当她走近时，我觉得挺好看。我听见麦姬又发出"呃"的声音，这次是为她姐姐的发型发出的。她姐姐的头发向羊毛一样挺得直直的，像黑夜一样乌黑，边上两根长长的小辫，像两条蜥蜴，盘绕在耳后。

"Wa-su-zo-Tean-o!" she says, coming on in that gliding way the dress makes her move. The short stocky fellow with the hair to his navel is all grinning and he follows up with "Asalamalakim, my mother and sister!" He moves to hug Maggie but she falls back, right up against the back of my chair. I feel her trembling there and when I look up I see the perspiration falling off her chin.

"Don't get up," says Dee. Since I am stout it takes something of a push. You can see me trying to move a second or two before I make it. She turns, showing white heels through her sandals, and goes back to the car. Out she peeks next with a Polaroid. She stoops down quickly and lines up picture after picture of me sitting there in front of the house with Maggie cowering behind me. She never takes a shot without making sure the house is included. When a cow comes nibbling around the edge of the yard she snaps it and me and Maggie and the house. Then she puts the Polaroid in the back seat of the car, and comes up and kisses me on the forehead.

"瓦-苏-左-提-诺！"她一边说着，一边拖着长裙飘然而至。随着一句"阿萨拉马拉吉姆，我母亲和妹妹！"那位头发垂至肚脐眼的矮胖男人也笑着走上前来。他看来要拥抱麦姬，但麦姬却往后退，直到我的椅子挡住她的退路。我感觉她身子在发抖，抬头看时，只见汗水顺着她的下巴直往下滴。

"别站起来。"迪伊说道。因为我长得肥胖，站起来费点劲。你瞧，我身子要欠动几下才站得起来。她转身向汽车走回去，透过凉鞋可以看到她的发白的脚后跟。接着她拿起一架"拍立来"照相机。她很快蹲下去瞄准我们，拍摄了一张又一张的照片，选取的镜头都是我坐在屋前，而麦姬缩成一团躲在我背后。她每拍一张照片总要确定把屋子拍进去。当一头奶牛走过来在院子边啃青草时，她立即把牛、我、麦姬还有房子一起拍了进去。然后，她将照相机放在汽车的后排座位上，跑过来吻了我的前额。

Meanwhile Asalamalakim is going through motions with Maggie's hand. Maggie's hand is as limp as a fish, and probably as cold, despite the sweat, and she keeps trying to pull it back. It looks like Asalamalakim wants to shake hands but wants to do it fancy. Or maybe he doesn't know how people shake hands. Anyhow, he soon gives up on Maggie.

与此同时，阿萨拉马拉吉姆正在努力试着与麦姬进行握手礼。麦姬的手像鱼一样软弱无力，恐怕也像鱼一样冷冰冰的，尽管她身上正在出汗。她一个劲儿地把手往后缩。看起来阿萨拉马拉吉姆不但想同她握手，又想把握手的动作做得时髦花哨一点。也许他不晓得怎样握手。不管怎么说，他很快就放弃了同麦姬的周旋。

"Well," I say, "Dee."

"No, Mama," she says. "Not 'Dee', Wangero Leewanika Kemanjo!"

"What happened to 'Dee'?" I wanted to know.

"She's dead," Wangero said. "I couldn't bear it any longer, being named after the people who oppress me."

"You know as well as me you was named after your aunt Dicie," I said. Dicie is my sister. She named Dee. We called her "Big Dee" after Dee was born.

"But who was she named after?" asked Wangero.

"I guess after Grandma Dee," I said.

"And who was she named after?" asked Wangero.

"Her mother," I said, and saw Wangero was getting tired. "That's about as far back as I can trace it," I said.

Though, in fact, I probably could have carried it back beyond the Civil War through the branches.

"Well," said Asalamalakim, "there you are."

"Uhnnnh," I heard Maggie say.

"There I was not," I said, "before 'Dicie' cropped up in our family, so why should I try to trace it that far back?"

He just stood there grinning, looking down on me like somebody inspecting a Model A car. Every once in a while he and Wangero sent eye signals over my head.

"How do you pronounce this name?" I asked.

"You don't have to call me by it if you don't want to," said Wangero.

"Why shouldn't I?" I asked. "If that's what you want us to call you, we'll call you."

"I know it might sound awkward at first," said Wangero.

"I'll get used to it," I said. "Ream it out again."

"嗨，迪伊。"我开口道。

"不对，妈妈。"她说，"不是'迪伊'，是'万杰罗·李万里卡·克曼乔'！"

"那'迪伊'呢？"我问道。

"她已经死了。"万杰罗说，"我无法忍受那些压迫我的人给我取的名字。"

"你同我一样清楚你的名字是照你迪茜姨妈的名字取得。"我说。迪茜是我的妹妹，她名叫迪伊。迪伊出生后我们就叫她"大迪伊"。

"但她的名字又是依照谁的名字取的呢？"万杰罗追问道。

"我猜想是照迪伊外婆的名字取的。"我说。

"她的名字又是照谁的名字取的呢？"万杰罗逼问道。

"她的妈妈。"我说。这时我注意到万杰罗已经有点厌烦了。"再远我就记不得了。"我说。其实，我大概可以把我们的家史追溯到南北战争以前。

"啊哈。"阿萨拉马拉吉姆说，"您只能说到这了。"

我听到麦姬又"呃"了一声。

"我还能说下去呢。"我说，"那是在'迪茜'来到我们家之前的事，我为什么要追溯那么远呢？"

他只是站在那儿咧嘴笑，目光俯视着我，好像在检查一辆 A 型轿车。他和万杰罗还不时地在我的头顶上传递眼色。

"你这名字是怎么念的来着？"我问。

"您若不愿意，就不必一定用这个名字来叫我。"万杰罗说。

"我干吗不叫？"我问，"如果你喜欢别人这样称呼你，我们就用这个名字。"

"我知道这名字开始听起来有点别扭。"万杰罗说。

"我会慢慢习惯的。"我说，"你再念一遍吧。"

Well, soon we got the name out of the way. Asalamalakim had a name twice as long and three times as hard. After I tripped over it two or three times he told me to just call him Hakim-a-barber. I wanted to ask him was he a barber, but I didn't really think he was, so I don't ask.

"You must belong to those beef-cattle peoples down the road," I said. They said "Asalamalakirn" when they met you too, but they didn't shake hands. Always too busy feeding the cattle, fixing the fences, putting up salt-lick shelters, throwing down hay. When the white folks poisoned some of the herd the men stayed up all night with rifles in their hands. I walked a mile and a half just to see the sight.

就这样，我们很快就解决了这个名字的问题了。但是阿萨拉马拉吉姆的名字却有两倍那么长，三倍那么难念。我试着念了两三次都念错了，于是他就叫我干脆称呼他哈吉姆阿巴波就行了。我本想问他究竟是不是个巴波(理发师)，但我觉得他不像，所以就没有问。

"你一定属于马路那边的那些养牛部族。"我说。那些人见面打招呼也说"阿萨拉马拉吉姆"，但他们不同人握手。他们总是忙着喂牲口，修篱笆，搭建舔盐窝棚，堆积草料，等等。当白人毒死了一些牛以后，那些人便彻夜不眠地端着步枪进行防备。为了一睹这种情景，我走了一英里半的路。

Hakim-a-barber said, "I accept some of their doctrines, but farming and raising cattle is not my style." (They didn't tell me, and I didn't ask, whether Wangero (Dee) had really gone and married him.)

哈吉姆阿巴波说，"我接受他们的一些理念，但种田和养牛却不是我干的事业。"(他们没有告诉我，我也没开口去问，万杰罗(迪伊)究竟是不是同他结婚了。)

We sat down to eat and right away he said he didn't eat collards and pork was unclean. Wangero, though, went on through the chitlins and corn bread, the greens and every-thing else. She talked a blue streak over the sweet potatoes. Everything delighted her. Even the fact that we still used the benches her daddy made for the table when we couldn't afford to buy chairs.

"Oh, Mama!" she cried. Then turned to Hakim-a-barber. "I never knew how lovely these benches are. You can feel the rump prints," she said, running her hands underneath her and along the bench. Then she gave a sigh and her hand closed over Grandma Dee's butter dish. "That's it!" she said. "I knew there was something I wanted to ask you if I could have." She jumped up from the table and went over in the corner where the churn stood, the milk in it clabber by now. She looked at the churn and looked at it.

我们开始坐下吃饭，他马上声明他不吃羽衣甘蓝，猪肉也不干净。万杰罗却是猪大肠、玉米面包、蔬菜，什么都吃。吃红薯时她更是谈笑风生。一切都令她高兴。就连我们仍在使用她爸爸过去因为买不起椅子而做的条凳这种事情也令她感兴趣。

"啊，妈妈！"她惊叫道，接着转向哈吉姆阿巴波，"我以前从来不知道这些条凳有这么可爱，在上面还摸得出屁股印迹来。"一边说，她一边用手在屁股下的凳子上摸了一把。接着，她叹了口气，把一只手覆盖在迪伊外婆的黄油碟上。"对了！"她说。"我想要点东西，早就想问您能不能给我。"她离开桌子，走到墙角，那儿放着一个搅乳器，里面的牛奶已经凝结。她看了看搅乳器，又望了望里面的结块。

"This churn top is what I need," she said. "Didn't Uncle Buddy whittle it out of a tree you all used to have?"

"Yes," I said.

"Uh huh," she said happily. "And I want the dasher, too."

"Uncle Buddy whittle that, too?" asked the barber.

Dee (Wangero) looked up at me.

"Aunt Dee"s first husband whittled the dash," said Maggie so low you almost couldn't hear her. "His name was Henry, but they called him Stash."

"Maggie's brain is like an elephant's," Wangero said, laughing. "I can use the churn top as a center piece for the alcove table," she said, sliding a plate over the churn," and I'll think of something artistic to do with the dasher."

When she finished wrapping the dasher the handle stuck out. I took it for a moment in my hands. You didn't even have to look close to see where hands pushing the dasher up and down to make butter had left a kind of sink in the wood. In fact, there were a lot of small sinks; you could see where thumbs and fingers had sunk into the wood. It was beautiful light yellow wood, from a tree that grew in the yard where Big Dee and Stash had lived.

"这个搅乳器的盖子我想要。"她说，"那不是巴迪叔叔用你们的一棵树做成的吗？"

"是的。"我说。

"啊哈。"她兴高采烈地说，"我还想要那根搅乳棒。"

"那也是巴迪叔叔做的吗？"巴波问道。

迪伊(万杰罗)仰头望着我。

"那是迪伊姨妈的第一个丈夫做的。"麦姬的声音很低，几乎听不见，"他的名字叫亨利，但人们总叫他史大西。"

"麦姬的脑袋像大象一样。"万杰罗笑着说，"我可以将这搅乳器盖子放在小餐厅桌子中央做装饰品。"她一边把一个盘子盖在搅乳器上，一边说道，"至于那搅乳棒，我也会想出一个艺术化的用途的。"

她将搅乳棒包裹起来，把柄还露在外头。我伸手将把柄握了一会儿。由于长年累月地使用，搅乳棒把柄上已留下凹陷的握痕，不用凑近细看也可以看出。那上面握痕很明显，你可以分辨出哪儿是拇指压出的印子，哪儿是其他手指压出的印子。搅乳棒的木料取自大迪伊和史大西住过的庭院中的一棵树，木色浅黄，非常好看。

After dinner Dee (Wangero) went to the trunk at the foot of my bed and started rifling through it. Maggie hung back in the kitchen over the dishpan. Out came Wangero with two quilts. They had been pieced by Grandma Dee and then Big Dee and me had hung them on the quilt frames on the front porch and quilted them. One was in the Lone Star pattern. The other was Walk Around the Mountain. In both of them were scraps of dresses Grandma Dee had worn fifty and more years ago. Bits and pieces of Grandpa Jarrell's Paisley shirts. And one teeny faded blue piece, about the size of a penny matchbox, that was from Great Grandpa Ezra's uniform that he wore in the Civil War.

晚饭后，迪伊(万杰罗)走到我床脚边的衣箱那儿，开始翻寻起来。

麦姬呆在厨房里洗碗。万杰罗忽然从房里抱出两条被子。这两条被子是
迪伊外婆用小布片拼起来,然后由迪伊姨妈和我两人在前厅的被架上缝
制而成的。其中一条绘的是单星图案,另一条是踏遍群山图案。两条被
子上都有从迪伊外婆五十多年前的衣服上拆下来的布片,还有杰雷尔爷
爷的佩兹利衬衣上拆下来的碎布片。其中还有一小块褪了色的蓝布片,
大小只相当于一个小火柴盒,那是从依兹拉曾祖父在南北战争时穿的军
服上拆下来的。

"Mama," Wangero said sweet as a bird. "Can I have these old quilts?"

I heard something fall in the kitchen, and a minute later the kitchen
door slammed.

"Why don't you take one or two of the others?" I asked. "These old
things was just done by me and Big Dee from some tops your grandma
pieced before she died."

"No," said Wangero. "I don't want those. They are stitched around the
borders by machine."

"That'll make them last better," I said.

"That's not the point," said Wangero. "These are all pieces of dresses
Grandma used to wear. She did all this stitching by hand. Imagine!" She
held the quilts securely in her arms, stroking them.

"Some of the pieces, like those lavender ones, come from old clothes
her mother handed down to her," I said, moving up to touch the quilts. Dee
(Wangero) moved back just enough so that I couldn't reach the quilts. They
already belonged to her. "Imagine!" she breathed again, clutching them
closely to her bosom.

"妈妈,"万杰罗用夜莺般的甜蜜声音问,"我可不可以把这两条老
被子拿走?"我听到厨房里有东西掉落地上的声音,接着又听见厨房里
砰的甩门声。"你怎么不拿另外一两条呢?"我问道。"这两条还是你外
婆去世前用碎布拼起来,然后由大迪伊和我两人缝起来的旧被子。"

"不。"万杰罗说，"我不要那些被子。那些被子的边缘都是机器缝制的。"

"那样还耐用一些。"我说。

"这并不关键。"万杰罗说，"这两条被子都是用外婆的旧衣碎片拼成的，是她一针一线手工缝制的。多了不起！"她生怕别人会抢去似的牢牢抱住被子，一边用手在上面抚摸。

"有些布片，比如那些淡紫色的布片，还是从她妈妈传给她的旧衣服上拆下来的。"我说着便伸手向前抚摸被子。而迪伊(万杰罗)则往后退缩，让我够不着被子。那两条被子已经属于她了。

"多了不起！"她又低声赞叹了一句，把被子更紧地抱在怀里。

146

"The truth is," I said, "I promised to give them quilts to Maggie, for when she marries John Thomas."

She gasped like a bee had stung her.

"Maggie can't appreciate these quilts!" she said. "She'd probably be backward enough to put them to everyday use."

"I reckon she would," I said. "God knows I been savage 'em for long enough with nobody using 'em. I hope she will! " I didn't want to bring up how I had offered Dee (Wangero) a quilt when she went away to college. Then she had told me they were old-fashioned, out of style.

"But they're priceless!" she was saying now, furiously, for she has a temper. "Maggie would put them on the bed and in five years they'd be in rags. Less than that!" "She can always make some more," I said. "Maggie knows how to quilt."

"问题是，"我说，"我已说好等麦姬和约翰·托马斯结婚时，这两条被子送给麦姬的。"

她像挨了蜂蜇似的惊叫了一声。

"麦姬可不懂这两条被子的价值！"她说。"她可能会愚昧地将它们当成日常被子使用。"

"我也觉得她会这样做。"我说，"天知道这两条被子我留了多久，

一直都没人使用它们。我希望她来用！"我不想提起迪伊(万杰罗)上大
学时我送给她一条被子的事。她当时对我说那被子土气，早就过时了。

　　"可这两条被子是无价之宝呀！"她异常愤怒地说——她是很容易
发脾气的。"麦姬将会在床上使用它们，那样的话，五年后，这两条被
子就会变成破烂，用不了五年！""破了她会再重新缝。"我说，"麦姬知
道怎样缝被子。"

　　Dee (Wangero) looked at me with hatred. "You just will not
understand. The point is these quilts, these quilts!"

　　"Well," I said, stumped. "What would you do with them?"

　　"Hang them," she said. As it that was the only thing you could do with
quilts.

　　Maggie by now was standing in the door. I could almost hear the
sound her feet made as they scraped over each other.

　　"She can have them, Mama," she said like somebody used to never
winning anything, or having anything reserved for her. "I can 'member
Grandma Dee without the quilts."

　　迪伊(万杰罗)愤怒地看着我。"你不懂，关键是这些被子，这些
被子！"

　　"那么说，"我有点迷惑不解，便问道，"你要这两条被子做什么呢？"

　　"把它们挂起来。"她说道。在她看来这是被子所能派上的唯一的
用场。

　　麦姬这时正站在门口，我几乎能听见她的双脚互相摩擦发出的
声音。

　　"让她拿去吧，妈妈。"她说，就像已经习惯于从来也得不到什
么，或从来没有什么东西属于她一样，"没有那些被子我也能记得迪
伊外婆。"

　　I looked at her hard. She had filled her bottom lip with checkerberry
snuff and it gave her face a kind of dopey, hangdog look. It was Grandma

Dee and Big Dee who taught her how to quilt herself. She stood there with her scarred hands hidden in the folds of her skirt. She looked at her sister with something like fear but she wasn't mad at her. This was Maggie's portion. This was the way she knew God to work.

When I looked at her like that something hit me in the top of my head and ran down to the soles of my feet. Just like when I'm in church and the spirit of God touches me and I get happy and shout. I did something I never had done before: hugged Maggie to me, then dragged her on into the room, snatched the quilts out of Miss Wangero's hands and dumped them into Maggie's lap. Maggie just sat there on my bed with her mouth open.

"Take one or two of the others," I said to Dee.

我紧紧地盯了她一眼。她的下嘴唇里塞着鹿蹄草牌的含烟，这使她看起来有一种迟钝而羞愧的神色。她能自己缝制被子是迪伊外婆和大迪伊教的。她站在那儿，将一双疤痕累累的手藏在裙子的褶缝里。她怯生生地望着她姐姐，但并没有生姐姐的气。这就是麦姬的命运，她知道这是上帝安排的。

我这样看着她时，突然产生了这样一种感觉：似乎受到一种灌顶的冲击，其力量自头顶直透脚心。这就像在教堂里受到神的启示后激动得狂呼时的那种感觉。于是，我做了一件以前从未做过的事：将麦姬一把搂过来，把她拉进卧室，然后一把从万杰罗小姐手中夺过被子堆放到麦姬的大腿上。麦姬只是这样坐在我的床上，一副目瞪口呆的样子。

"你拿两条别的被子吧，"我对迪伊说。

But she turned without a word and went out to Hakim-a-barber.

"You just don't understand," she said, as Maggie and I came out to the car.

"What don't I understand?" I wanted to know.

"Your heritage," she said. And then she turned to Maggie, kissed her, and said, "You ought to try to make some-thing of yourself, too, Maggie. It's really a new day for us. But from the way you and Mama still live you'd never know it."

She put on some sunglasses that hid everything above the tip of her nose and her chin.

但她一声不吭就转身出了屋，往哈吉姆阿巴波身边走去。

"你完全不懂，"当我和麦姬来到汽车旁边时，她说。

"我不懂什么？"我问道。

"你的遗产，"她说。随后，她转向麦姬，与她吻别，并说，"麦姬，你也该做些有意义的事啊。现在我们所处的是新时代。但照你和妈妈现在过的这种生活来看，你是不会体会不到这一点的。"

她戴上一副太阳镜，把下巴和鼻尖以上整个面孔全都遮住了。

Maggie smiled; maybe at the sunglasses. But a real mile, not scared. After we watched the car dust settle I asked Maggie to bring me a dip of snuff. And then the two of us sat there just enjoying, until it was time to go in the house and go to bed.

麦姬笑起来了，大概是看到太阳镜发笑吧，但这是真正的喜悦，没有害怕的意思。目送汽车绝尘远去之后，我叫麦姬给我取来一撮含烟。然后我们娘儿俩便坐下来细细地品味着，直到天时已晚才进屋就寝。

参考文献

[1] ［美］查尔斯·布莱斯勒. 文学批评(第三版). 北京：高等教育出版社，2004

[2] ［匈］阿格尼丝·赫勒. 日常生活. 衣俊卿译. 重庆：重庆出版社，1990

[3] ［英］拉曼赛尔登. 文学批评理论——从柏拉图到现在. 刘象愚等译. 北京：北京大学出版社，2005

[4] 蔡奂. 逃避与回归：论《日常用品》(《日用家当》)中黑人美国梦的双重性. 湖北广播电视大学学报，2008(3)

[5] 蔡奂. 寻找母亲的花园——《日常用品》中黑人母亲形象分析. 楚雄师范学院学报，2008(1)

[6] 杜可富. 艾丽斯·沃克焦虑在《家常用法》(《日用家当》). 山东外语教学，2003(6)

[7] 杜荣芳，胡庆洪. 寻找女性的家园——浅析艾丽斯·沃克的《外婆的日用家当》. 重庆文理学院学报(社会科学版)，2006(3)

[8] 杜寅寅. 解读《日用家当》中蒂的形象. 科技资讯，2007(5)

[9] 甘文平，彭爱民. 《日常家用》中母亲多重性格评析. 武汉理工大学学报(社会科学版), 2006, 19(4)

[10] 管淑红. 寻找失落的美国黑人文化遗产——试析艾丽斯·沃克短篇小说《外婆的日用家当》. 内蒙古农业大学学报(社会科学版)，2006(1)

[11] 韩艳萍，裴志权，孙金莲. 论《外婆的日用家当》中迪依的象征意蕴. 唐山师范学院学报，2007(3)

[12] 何其亮. *Everyday Use* 中人物的评价性解读. 浙江传媒学院学报，

2009(2)

[13] 贺亚男．基于语料库的文学语篇分析——以《外婆的日用家当》为例．内江师范学院学报，2009(5)

[14] 胡忠青，蔡圣勤．《外婆的日用家当》中女性人物的象征意义．湖北社会科学，2007(4)

[15] 黄炳瑜．女性自我意识的觉醒——艾丽斯·沃克《日常使用》(日用家当)中的女性形象．广西师范学院学报(哲学社会科学版)，2003(1)

[16] 黄晓燕．当代美国黑人女性意识的觉醒——解读艾丽丝·沃克的短篇《日常用品》．湖南师范大学学报(社会科学版)，2007(3)

[17] 季静芬．艾丽丝·沃克的感叹——试析《奶奶的日用家当》的思想内涵．常熟高专学报，1999(5)

[18] 李洁平．《日用家当》中女性形象解读．外语与外语教学，2007(3)

[19] 李荣庆．试论《日用家当》中黑人的被子遗产与继承．解放军外国语学院学报，2009(1)

[20] 李荣庆．浅析《外婆的日用家当》中迪伊对名字的更改．外语教学(专)，2008(29)

[21] 刘英．被子与"遗产"——《日用家当》赏析．名作欣赏，2000(2)

[22] 王辰玲．从《日常家用》中梅格的性格变化透视美国黑人文学思想的嬗变．文教资料，2009(17)

[23] 王晓英．论艾丽丝·沃克短篇小说《日常用品》中的反讽艺术．外国文学研究，2005(4)

[24] 王岳川．后殖民主义与新历史主义文论．济南：山东教育出版社，1999

[25] 温军超．从身份认同角度分析《外婆的日用家当》．安阳工学院学报，2008(3)

[26] 吴玉杰．新历史主义与历史剧的艺术建构．北京：中国社会科学出版社，2005

[27] 徐继明．从《日用家当》解读沃克的民族文化身份意识．内江师范学院学报，2007(3)

[28] 姚晓东，李寒冰．文化冲突与身份认同——《日用家当》解读．长

春工业大学学报(社会科学版)，2006(3)

[29] 张峰，赵静."百衲被"与民族文化记忆——艾丽思·沃克短篇小说《日用家当》的文化解读. 山东外语教学，2003(5)

[30] 张汉熙. 高级英语(第一册). 北京：外语教学与研究出版社，1995

[31] 张建惠. 南辕北辙的迷途——《外婆的日用家当》中迪伊的性格分析. 长沙大学学报，2008(4)

[32] 张京媛. 新历史主义与文学批评. 北京：北京大学出版社，1993

[33] 张鑫友. 高级英语学习指南(修订本·第一册). 武汉：湖北人民出版社，2000

[34] 张延军. 艾丽丝·沃克《日常用品》中的文化冲突. 沈阳师范大学学报(社会科学版)，2003(1)

[35] 张叶，黄晓燕. 人格分析中凸显的文化冲突——艾丽斯·沃克的《日常用品》分析. 湖南城市学院学报(人文社会科学版)，2008(1)

[36] 张晔. 黑人文化与白人强势文化的撞击——沃克《外婆的日用家当》小说解读. 北方论丛，2002(6)

[37] 张瑛. 艾丽丝·沃克《日用家当》中的人物解读. 湖北第二师范学院学报，2008(9)

[38] 张瑛. 艾丽丝·沃克《日用家当》中的象征意蕴. 湖北工业大学学报，2008(6)

[39] 赵莉华. 逃避伤痛文化，寻根非洲文化——从艾利斯·沃克的《外婆的日用家当》看美国黑人文化认同.西华师范大学学报(哲学社会科学版)，2005(4)

[40] 赵晓囡. 艾丽丝·沃克的"妇女主义"情结. 电影文学，2008(23)

[41] 赵艺红.《日用家当》的多维度象征意义探析. 东疆学刊，2009(1)

[42] 赵月.《日用家当》——美国黑人文学双重文化的反映. 鞍山师范学院学报，2007(3)

[43] 钟馨，杨敏. 谁是他者——解读《日用家当》中黑人的身份认同. 信阳农业高等专科学校学报，2008(1)

[1] Abboud, Peter F. *The Teaching of Arabic in the United States: The State of the Art*. Washington DC: Eric Clearinghouse for Linguistics (Ed 024051), 1968

[2] Anderson, Benedict. *Imagined Communities: Reflections on the Origin and Spread of Nationalism*. London and New York: Verso, 1991

[3] Ashe, Bertram D. Why Don't He Like My Hair? *African American Review*, 1995, 29(4)

[4] Bauer, Margaret D. Alice Walker: Another Southern Writer Criticizing Codes Not Put to Everyday Use. *Studies in Short Fiction*, 1992(29)

[5] Bell-Scott, Patricia. *Double Stitch: Black Women Write about Mothers and Daughters*. Boston, MA: Beacon Press, 1991

[6] Benberry, Cuesta. The Threads of African-American Quilters Are Woven into History. *American Visions*, 1994, 8(6): 14-18

[7] Berlin, Ira. From Creole to African: Atlantic Creoles and Origins of African-American Society in Mainland North America. *The William and Mary Quarterly*, 1996, 53(2)

[8] Black, Paula. *Gender and the Beauty Industry: Discipline and Power*. New York, NY: Routledge, 2004

[9] Bohde, Stefanie. The Underground Railroad Quilt Code: A History of African-American Quilting from Ancient Practices to the Civil War Times. *Oakland Journal*, 2005, 8

[10] Boyd-Franklin, Nancy. *Black Families in Therapy: Understanding the African American Experience*. New York, NY: Guilford Press, 2003

[11] Breitman, George. *Malcolm X Speaks: Selected Speeches and Statements*. New York, NY: Grove Press, 1994

[12] Buchman, Rachel. The Search for Good Hair — Styling Black Womanhood in America. *World and I*, 2001, 16(2)

[13] Byars, Drucilla. Traditional African American Foods and African Americans. *Agriculture and Human Values*, 1996, 13(1)

[14] Caliskan, Sevda. Text and Context: Where Does a Text End? *Journal of Arts and Science*, 2005

[15] Callaghan, Karen. *Ideals of Feminine Beauty: Philosophical, Social, and Cultural Dimension.* Westport, CT: Greenwood Press, 1994

[16] Carlson, Clayborne. The Unfinished Dialogue of Martin Luther King, Jr. and Malcolm X. *OAH Magazine of History*, 2005

[17] Carter, Susanne. *Mothers and Daughters in American Short Fiction.* Westport, CT: Greenwood Press, 1993

[18] Cash, Floris. Kinship and Quilting: An Examination of an African-American Tradition. *The Journal of Negro History*, 1995, 80(1)

[19] Chappell, Kevin. Where Are the Civil Rights Icons of the '60S. *Ebony*, 1996, 51(10)

[20] Cheston, Duke. The Truth about Kwanzaa. *Carolina Review*, 2008, 16(4)

[21] Christian, Barbara T. *Everyday Use by Alice Walker.* New Brunswick, NJ: Rutgers University Press, 1994

[22] Christian，Barbara T. (ed.) *Everyday Use by Alice Walker.* New Brunswick, NJ: Rutgers University Press, 1994

[23] Cleage, Pearl. Hairpeace. *African American Review*, 1993, 27(1)

[24] Collins, Lisa Gail & Margo Natalie Crawford. *New Thoughts on the Black Arts Movement.* New Brunswick, NJ: Rutgers University Press, 2006

[25] Collins, Patricia. *Black Feminist Thought: Knowledge, Consciousness, and the Politics of Empowerment.* New York, NY: Routledge, 2000

[26] Cowart, David. Heritage and Deracination in Walker's Everyday Use. *Studies in Short Fiction*, 1996(33)

[27] Craig, Maxine Leeds. *Ain't I a Beauty Queen?* New York, NY: Oxford University Press, 2002

154

[28] Craig, Maxine Leeds. *Mothers and Daughters in American Short Fiction*. Westport, CT: Greenwood Press, 1993

[29] Dagnini, Jeremie Kroubo. Marcus Garvey: A Controversial Figure in the History of Pan-Africanism. *The Journal of Pan African Studies*, 2008, 2(3)

[30] Davis, Ossie. The English Language Is My Enemy. *IRCD Bulletin*, 1969, 5(3)

[31] Dillard, J. L. *Black Names*. Paris: Mouton, 1976

[32] Dobard, Raymond. Knowing Hands: Binding Heritage in African American Quilts. *The New Crisis*, 2001 (Nov./Dec.)

[33] DuBois, W.E.B. *The World and Africa* (New Enlarged Edition), Canada, 2003

[34] Farber, David. *The Sixties: From Memory to History*. Chapel Hill, NC: University of North Carolina Press, 1994

[35] Farrell, Susan. Fight vs. Flight: A Re-evaluation of Dee in Alice Walker's Everyday Use. *Studies in Short Fiction*, 1998, 35(2)

[36] Ferguson, Tameka Nicole. African American Natural Hair as a Symbol of Self (MA Paper, UMI 1422563), 2003

[37] Frost, Liz. *The Politics of Women's Bodies: Sexuality, Appearance, and Behavior*. Women's History Review, 2000, 9(1)

[38] Gardell, Mattias. *In the Name of Elijah Muhammad: Louis Farrakhan and the Nation of Islam*. Durham, NC: Duke University Press, 1996

[39] Goodie Mob (Musical Group). *Soul Food* [CD]. New York, NY: LaFace Records, 1995

[40] Gregory, Nicole. One-on-one with Alice Walker. *Vegetarian Times*, 2008 (Jan./Feb.)

[41] Gruesser, John. Walker's Everyday Use. *Explicator*, 2003, 61

[42] Gutman, Herbert. *The Black Family in Slavery and Freedom*. New York, NY: Pantheon Books, 1976

[43] Haddad, Y. Y. A Century of Islam in America. *Hamdard Islamicus*,

155

1997, 21(4)

[44] Haley, Alex. *The Autobiography of Malcolm X* (*As told to Alex Haley*). New York, NY: Ballantine Books, 1999

[45] Hall, Gwendolyn. *Africans in Colonial Louisiana: The Development of Afro-Creole Culture in the Eighteenth Century*. Baton Rouge, LA: Louisiana State University Press, 1992

[46] Harmon, Corey. *The Struggles and Demands of Black Students at the University of Oregon*, 2005-03-13, http://scholarsbank.uoregon.edu

[47] Harris, Norman. *Connecting Times: The Sixties in Afro-American Fiction.* Jackson, MS: University Press of Mississippi, 1988

[48] Hawley, Jana M. The Commercialization of Old Order Amish Quilts: Enduring and Changing Culture Meanings. *Clothing & Textiles Research Journal*, 2005(23)

[49] Henderson, Laretta. Ebony Jr! and Soul Food. *Melus*, 2007, 32(4)

[50] Hendrickson, Roberta M. Remembering the Dream: Alice Walker, Meridian and the Civil Rights Movement. *MELUS*, 1999, 24(3)

[51] Highmore, Ben. *Everyday Life and Cultural Theory: An Introduction*. London and New York: Routledge, 2002

[52] Hoel, Helga. Personal Names and Heritage: Alice Walker's Everyday Use. *American Studies in Scandinavia*, 1999, 31

[53] Jackson, Leslie C. & Beverly Greene. *Psychotherapy with African American Women: Innovations in Psychodynamic Perspectives and Practice*. New York, NY: *Guilford Press*, 2000

[54] Jana, M. Hawley. The Commercialization of Old Order Amish Quilts: Enduring and Changing Culture Meanings. *Clothing & Textiles Research Journal*, 2005, 23

[55] Jones, LeRoi. *Home: Social Essays*. New York, NY: Morrow, 1966

[56] Joseph, Gloria I. & Jill Lewis. *Common Differences: Conflicts in Black and White Feminist Perspectives*. Boston, MA: South End Press, 1986

156

[57] Karenga, Maulana. Remembering Audacious Black Power: Revisiting the Model and Meaning. *Los Angeles Sentinel*, 2007-07-19

[58] King, Martin Luther. *A Testament of Hope: The Essential Writings and Speeches of Martin Luther King, Jr.* San Francisco, CA: Harper, 1990

[59] Lake, Obiagele. *Blue Veins and Kinky Hair: Naming and color Consciousness in African America.* Westport, CT: Praeger, 2003

[60] Lomax, Louis. *When the Word Is Given: A Report on Elijah Muhammad, Malcolm X, and the Black Muslim World.* Cleveland, OH: The World Publishing Company, 1963

[61] Marable, Manning. What's in a Name? African-American or Multiracial?—Defining One's Self. *Black Issues in Higher Education*, 1997, 14(1)

[62] Mastalia, Francesco & Alfonse Pagano. *Walker, Dreads.* New York, NY: Artisan Publishers, 1999

[63] Maycock, James. Pop: Tales from the Funky Side of Town. *The Independent* (London), 2000-06-16

[64] Mazrui, Alamin. African Languages in the African American Experience, *Language and Literature in the African American Imagination (Carol Aisha Blackshire-Belay, ed.).* Westport, CT: Greenwood Press, 1992

[65] Mercer, Kobena. Black Hair/Styles Politics. *New Formation*, 1987, 33

[66] Moore, Robert B. *Racism in the English Language.* New York, NY: Racism and Sexism Resource Center for Educators, 1976

[67] Mphande, Lupenga. Naming and Linguistic Africanism in African American Culture. *Selected Proceedings of the 35th Annual Conference on African Linguistics* (John Mugane, eds.). Somerville, MA: Cascadilla Proceedings Project, 2006

[68] Muhammad, Elijah. A Speech at Los Angeles on 14th April, 1961. *Muhammad Speaks*, http://www.muhammadspeaks.com, unpaged

[69] Muhammad, Elijah. *How to Eat to Live* (*No. 2*). Chicago, IL: Muhammad's Temple of Islam, 1972(2)

[70] Nagle, George. Names Used for Enslaved People in Pennsylvania, 2004-06-01, http://www. afrolumens.org/slavery/names.html

[71] Nancy Boyd-Franklin. *Black Families in Therapy: Understanding the African American Experience.* New York, NY: Guilford Press, 2003

[72] NOI. The Three Year Economic Saving Program, 2008-10-10, http://www.noi.org

[73] Norment, Lynn. The New Hair Freedom: With Variety in Color, Length and Texture. *Ebony*, 1996, 51(12)

[74] Nyang, Sulayman S. Muslim Community in the United States: Some Issues. *Studies in Contemporary Islam*, 1999, 1(2)

[75] Oakland School Board. Oakland School Board Resolution on Ebonics. *Journal of English Linguistics*, 1998, 26(2)

[76] Peck, Ron. *Shadow of the Crescent: The Growth of Islam in the United States.* USA: CMM, 1995

[77] Perry, Bruce. *Malcolm: The Life of the Man Who Changed Black America.* New York, NY: Station Hill Press, 1991

[78] Perry, James A. African Roots of African-American Culture. *Black Collegian*, 1998, 29

[79] Poe, Tracy. The Origins of Soul Food in Black Urban Identity: Chicago 1915—1947. *American Studies International,* 1999, 37(11)

[80] Puckett, Newbell. *Black Names in America: Origins and Usage.* Boston, MA: G.K. Hall, 1975

[81] Puckrein, Gary. Beyond Soul Food. *American Visions*, 1998, 13(4)

[82] Rich, Adrienne. *Of Woman Born: Motherhood as Experience and Institution.* New York, NY: W. W. Norton and Company, 1976

[83] Robnett, Belinda. *How Long? How Long?: African American Women and the Struggle for Civil Rights.* New York, NY: Oxford University Press, 1999

[84] Rody, Caroline. *The Daughter's Return: African-American and Caribbean Women's Fictions of History*. New York, NY: Oxford University Press, 2001

[85] Rollin, Lucy. *Twentieth-Century Teen Culture by the Decades: A Reference Guide*. Westport, CT: Greenwood Press, 1999

[86] Skinner, Thomas. I Saw Malcolm Die. *The New York Post*, 1965-02-22

[87] Steele, Vincent. Tom Feelings: A Black Arts Movement. *African American Review*, 1998, 32(1)

[88] Thompson, Deborah. Keeping up with the Joneses. *College Literature*, 2002, 29(1)

[89] Thompson, Michael D. Everything but the Squeal: Pork as Culture in Eastern North Carolina. *The North Carolina Historical Review*, 2005, 82(4)

[90] Tobin, Jacqueline. The Fabric of Our Heritage. *American Visions*, 2000, 14(1)

[91] Turner, Richard Brent. From Elijah Poole to Elijah Muhammad: Chief Minister of Islam. *American Visions*, 1997, 12(5)

[92] Tuten, Nancy. Alice Walker's Everyday Use, *Explicator*, 1993(51)

[93] Walker, Alice. *In Search of Our Mothers' Gardens*. New York, NY: Harcourt, 1983

[94] Walker, Alice. *Living by the Word: Selected Writings 1973—1987*. San Diego, CA: Harcourt, 1988

[95] Walker, Alice. *Meridian*. New York and London: Harcourt, 1976

[96] Walker, Alice. Oppressed Hair Puts a Ceiling on the Brain. *Living by the Word: Selected Writings*, 1973—1987. New York, NY: Harcourt, 1988

[97] Walker, Dennis. *Islam and the Search for African American Nationhood: Elijah Muhammed, Louis Farrakhan, and the Nation of Islam*. Atlanta, GA: Clarity Press, Inc., 2005

[98] Walker, Rebecca. *Black, White and Jewish: Autobiography of a Shifting Self*. New York, NY: The Berkley Publishing Group, 2000

[99] Ward, Frances Marie. Get Out of My Hair (University of North Carolina Dissertation, UMI 3086647), 2003

[100] Weitz, Rose. *The Politics of Women's Bodies: Sexuality, Appearance, and Behavior*. New York, NY: Oxford University Press, 2003

[101] Weitz, Rose. Women and Their Hair: Seeking Power Through Resistance and Accommodation. *Gender and Society*, 2001, 15(5)

[102] White, David. Everyday Use: Defining African-American Heritage, http://www.luminarium.org, 2002-09-19

[103] White, Shane & Graham White. *Stylin': African American Expressive Culture from Its Beginnings to the Zoot Suit*. Ithaca, NY: Cornell University Press, 1998

[104] Whitsitt, Sam. In Spite of It All: A Reading of Alice Walker's Everyday Use. *African American Review*, 2000, 34(3)

[105] Wilson, Jamie. Black Awakening: Student Protest at Delaware State College, 1968. *Negro History Bulletin*, 1999, 62(1)

[106] Witt, Doris. *Black Hunger: Food and the Politics of US Identity*. New York, NY: Oxford University Press, 1999

[107] X., Malcolm. *The Autobiography of Malcolm X*. New York, NY: Ballantine Books, 1999

[108] Younge, Gary. Civil Rights Kitchen Serves Last Supper. *The Guardian* (London: Guardian Foreign Pages), 2003-08-04